Foi Assim Que Tudo Explodiu

Arvin Ahmadi

Foi Assim Que Tudo Explodiu

Arvin Ahmadi

Tradução
Vitor Martins

Copyright © 2020 by Arvin Ahmadi
Copyright da tradução © 2021 by Editora Globo S.A.

Todos os direitos reservados. Nenhuma parte desta edição pode ser utilizada ou reproduzida — em qualquer meio ou forma, seja mecânico ou eletrônico, fotocópia, gravação etc. — nem apropriada ou estocada em sistema de banco de dados sem a expressa autorização da editora.

Título original: *How It All Blew Up*

Editora responsável **Veronica Gonzalez**
Assistente editorial **Lara Berruezo**
Preparação de texto **João Pedroso**
Diagramação **Douglas Kenji Watanabe**
Projeto gráfico original **Laboratório Secreto**
Revisão **Samuel Lima**
Capa **Vitor Martins e Douglas Kenji Watanabe**

Texto fixado conforme as regras do Acordo Ortográfico da Língua Portuguesa (Decreto Legislativo nº 54, de 1995)

CIP-BRASIL. CATALOGAÇÃO NA PUBLICAÇÃO
SINDICATO NACIONAL DOS EDITORES DE LIVROS, RJ

A241f

Ahmadi, Arvin
    Foi assim que tudo explodiu / Arvin Ahmadi ; tradução Vitor Martins. – 1. ed. – Rio de Janeiro : Globo Alt, 2021.

    Tradução de : How it all blew up
    ISBN 978-65-88131-14-5

    1. Romance americano. I. Martins, Vitor. II. Título.

20-67629
                        CDD: 813
                        CDU: 82-31(73)

1ª edição, 2021

Direitos de edição em língua portuguesa para o Brasil adquiridos por Editora Globo S.A.
R. Marquês de Pombal, 25
20.230-240 – Rio de Janeiro – RJ – Brasil
www.globolivros.com.br

Para a minha família

Esta é uma história baseada em fatos

Sala de interrogatório 37

Amir

Primeiramente, deixa eu esclarecer uma coisa: eu não sou terrorista. Eu sou gay. Pela sua cara dá pra perceber que você não acredita, e eu entendo. Pessoas como eu não deveriam existir, muito menos fazer esse tipo de confissão em uma situação como esta. Mas eu te garanto. Sou real. Estou aqui. Sou iraniano. E sou gay. Só precisava botar isso pra fora antes de a gente começar, já que você me perguntou por que eu e minha família estávamos brigando naquele avião. Não tem nada a ver com terrorismo e tudo a ver comigo.

Tudo bem, pelo jeito que você está pigarreando, vou presumir que eu provavelmente deveria focar nas perguntas. Desculpa, policial. Não quis ser desrespeitoso.

Meu nome é Amir Azadi. Tenho dezoito anos.

Fiquei em Roma por mais ou menos um mês. Sim, na Itália mesmo. Não sei exatamente quantos dias eu passei lá.

Morei em vários apartamentos em Roma. Posso conseguir os endereços, se você quiser. Minha família me encontrou ontem no interior da Itália. Voltei com eles por vontade própria.

Não sei dizer exatamente por que – foi tudo tão rápido –, e depois brigamos no voo, e acredito que seja por isso que eu estou aqui.

Eu estava no meio de um turbilhão de emoções tão grande que nem percebi quando os comissários de bordo começaram a separar nós quatro. Eles nos colocaram em partes separadas do avião. Um deles foi bem gentil comigo, na verdade.

— Cada família tem seu tempo — ele disse enquanto me afivelava em um assento retrátil na cozinha da aeronave. Ele tinha um piercing no nariz. Cabelos lisos e loiros. — Vai por mim, garoto, todo mundo já passou por isso.

Ele até me deixou comer um pacote daqueles salgadinhos de hummus e pita, o que foi legal, levando em conta que eu estava sendo detido.

Assim que pousamos, a Alfândega pegou nossos passaportes e nos escoltou do avião até uma sala de espera no aeroporto. Soraya – minha irmã mais nova – ficava perguntando o que estava acontecendo, e minha mãe só mandava ela ficar quieta.

Nos mandaram sentar e esperar até que fôssemos chamados. Ficamos grudados naquelas cadeiras. Soraya pegou seu celular e um dos seguranças rosnou pra que ela o desligasse. Minha mãe arrancou o aparelho da mão dela. Depois do que pareceu ter sido uma eternidade, um dos funcionários entrou na sala e encarou severamente meu pai.

— Sr. Azadi. Me acompanhe, por favor.

Meu pai não questionou. Só foi. E então, um minuto depois, me trouxeram pra esta sala.

Se eu estive em contato com alguma "organização" em Roma? Meu Deus! Você está achando que eu fugi pra me juntar ao EI, não é? Provavelmente acha que me recrutaram para a filial que eles têm na Itália. Policial, eu não quero subestimar a maldade do mundo, mas aqueles caras nunca aceitariam uma frutinha como eu. Sinto muito por ter assustado tanta gente naquele avião. De verdade. Queria não ter explodido com os meus pais daquele jeito, com direito a cuspes, lágrimas e histeria, dentro de um avião. Especialmente sendo, você sabe... De uma certa cor. Mas, no fim das contas, eu prefiro ser interrogado neste aeroporto do que voltar para o armário.

Você me perguntou o motivo da nossa briga, senhor, e pra responder a esta pergunta, tenho que começar bem do começo.

Dez meses atrás

Era o primeiro dia de aula e eu já estava suando na minha cadeira. Como se não fosse tortura o bastante ter que passar pelas boas-vindas aos alunos transferidos, a sala de aula estava quente como um forno. Pelo visto, o ar-condicionado tinha decidido quebrar justamente depois de eu me mudar para o sul dos Estados Unidos.

O representante da turma do último ano se abanava com um envelope de papel pardo na frente da sala. Ele estava prestes a nos apresentar aos nossos "parceiros" – líderes do grêmio estudantil e atletas, é claro, que nos guiariam pela escola.

Observei as pessoas enfileiradas.

O bonitinho não. Qualquer um menos o bonitinho.

O que estava no fim da fila. O de cabelo loiro bagunçado e braços definidos e pele dourada. O que eu tinha medo de chamar de "bonitinho" até mesmo em pensamento, mesmo tendo acabado de fazer isso. Certo, acho que fica melhor assim: *qualquer um menos o da ponta direita, que vai fazer* com que eu me sinta ainda mais suado e desconfortável do que já estou.

Julgando pela forma como estavam comendo o garoto com os olhos, as outras três alunas transferidas para o último ano definitivamente o queriam como parceiro.

Eu só não entendo toda essa empolgação em torno de pessoas bonitas. Até entendo o motivo delas existirem – para comédias românticas e páginas de revistas – mas é tão estressante ficar perto de gente assim. Quem precisa desse tipo de estresse na vida? Eu não.

Ele não. Qualquer um, menos ele.

Imaginei o Chapéu Seletor sussurrando no meu ouvido.

Ele não, é? Tem certeza? Sim, seu chapéu pretensioso, tenho certeza. Se você conseguiu livrar o Harry da Sonserina, você consegue me livrar de ter que passar a próxima hora com esse atleta insuportavelmente bonito.

Ele não, ele não, ele não...

O Chapéu Seletor não quebrou esse galho para mim.

Seu nome era Jackson Preacher. Ele olhou diretamente para mim assim que o representante da turma nos apresentou. Quando nos reunimos, o "oi" dele era como dar de cara com um muro de tijolos. Enquanto os "parceiros" de todo mundo faziam perguntas entusiasmadas, Jackson e eu só ficamos parados ali, com a mão no bolso.

Ele continuou travado da mesma forma enquanto me levava até meu armário, passando pelo corredor principal e por todas as salas de aula.

— Aqui é a biblioteca — Jackson resmungou quando passamos pela biblioteca, que estava sinalizada com letras garrafais: BIBLIOTECA.

Ele não tinha muito a dizer e eu também não tinha muito o que perguntar. Qual era o sentido, afinal? Só mais um ano nesta nova escola e eu iria embora. Esse era um dos motivos pelos quais eu não havia odiado a ideia de me mudar: o novo emprego do meu pai oferecia um salário bem maior, o que significava que daria para pagar por uma faculdade em outro estado. Em um ano eu estaria em outro lugar bem longe dali. Em um ano eu poderia começar a ser eu mesmo. Esse sempre foi meu sonho, e a única razão pela qual eu não havia sido tão resistente à mudança quanto a minha irmã.

— Bom, é isso. Se precisar de uma mãozinha, é só me chamar — Jackson disse ao fim do passeio pela escola, bem quando presumi que ele passaria a usar seu direito divino de atleta para me ignorar pelo resto do ano.

Eu torci o pescoço.

— Sério? — Ele não me parecia o tipo de cara que oferece uma mãozinha. — Posso mesmo te chamar?

Jackson desviou o olhar e deu de ombros.

— Eles te obrigam a dizer isso, né? — perguntei.

Ele confirmou.

— Faz parte do roteiro.

— É melhor seguir o roteiro, então — falei e, do nada, Jackson soltou uma daquelas gargalhadas barulhentas.

Então nós meio que arregalamos os olhos e observamos em volta, porque aquela conversa não fazia parte do *nosso* roteiro.

Jackson passou os dedos pelo cabelo ondulado. Alguns dias seu cabelo era loiro escuro, em outros era castanho. Lembro que, naquele dia, era loiro.

Perguntei se ele achava que eu ia me encaixar naquela escola nova. Jackson não respondeu, na real; ele estava encarando o estacionamento atrás de mim. Meus olhos estavam vidrados na entrada da escola atrás dele. Depois nós chegaríamos a brincar que, no dia em que nos conhecemos, estávamos na verdade em uma competição muito séria para decidir quem era melhor em não olhar para o outro.

— Tudo bem — eu disse, depois de um longo silêncio.

— Eu não me encaixo em lugar nenhum, pra falar a verdade.

Jackson sorriu – e eu roubei na nossa competição. Dei uma olhada rápida nele. De alguma forma, ele sabia. Havia encontrado outro deslocado. Caíamos como uma luva um para o outro, Jackson Preacher e eu. Nós combinávamos como macarrão e vinho, futebol e cerveja barata.

Eu era o macarrão e o vinho. Ele era o futebol e a cerveja barata.

Naquele primeiro semestre, Jackson e eu existimos em mundos completamente diferentes. Mesmo quando nos cruzávamos, a gente nunca se falava de verdade. Ele girava em torno da estratosfera de atletas e alunos populares; eu tentava passar despercebido. Não fazia sentido ter que passar por toda a acrobacia social de fazer amigos quando eu passaria apenas oito meses naquela escola.

Ainda assim, continuávamos com a competição de não se encarar nos corredores todas as vezes que passávamos um pelo outro. Algo havia ficado no ar entre nós dois desde o primeiro dia, e seria necessário um abalo sísmico para trazer aquilo à tona.

O abalo sísmico aconteceu logo depois do Dia de Ação de Graças, quando o time de futebol americano da escola perdeu o último jogo da temporada. Eu estava dirigindo para casa depois da partida e parei em um mercado 24 horas para comprar batatas chips de sal e vinagre quando vi Jackson amuado no estacionamento. Pensei em passar direto e entrar na loja fingindo que não o vi. Mas seu rosto estava coberto de manchas de terra. Um rio de lágrimas secas descia pelas suas bochechas. Ele estava vulnerável.

— Precisa de uma mãozinha? — perguntei.

Ele levantou a cabeça, viu que era eu e começou a rir.

— Era eu que deveria te oferecer uma mãozinha — Jackson disse, enxugando uma lágrima do rosto.

— Dane-se o roteiro — respondi.

Ele me olhou de um jeito diferente depois que aquelas palavras saíram da minha boca. Não sei qual foi a mão invisível que me deu o empurrão que eu precisava para respondê-lo de forma tão sagaz naquela noite, mas essa será para sempre a melhor e a pior decisão que eu tomei no ensino médio.

Confortei Jackson naquela noite, no gramado da esquina do estacionamento. Lembro que seu cabelo estava escuro e suado. Não sei por quanto tempo conversamos, mas sei que pude enxergar Jackson em todas as suas multitudes. Eu o enxerguei loiro e moreno, durão e sensível, um cara que jogava futebol americano, mas talvez, apenas talvez, jogasse no outro time também.

Quando caminhamos juntos até seu carro, ele colocou a mão no meu ombro e o apertou com firmeza.

— Lembra o que você falou quando a gente se conheceu — ele começou, falando baixo. — Sobre não se encaixar em lugar nenhum?

Meus olhos se espantaram. Olhei diretamente para ele, para seus olhos verdes, e ele me encarou de volta.

— Eu me sinto desse jeito também.

E, bem ali, o mundo mudou.

Queria poder voltar para aquela pequena rachadura no universo, aquele espaço livre de culpa onde eu desejava apenas o toque de Jackson Preacher e nada mais. Uma semana depois, eu estava sentado no banco de passageiro do carro dele, tamborilando meus dedos suados. Eu estava quieto. Jackson estava quieto. O rádio murmurava baixinho alguma música pop. Depois ele chegou a me dizer que estava esperando que eu desse o próximo passo, já que, de certa forma, eu havia dado o primeiro, mas eu não tinha mais passo algum dentro de mim. Quando ele finalmente repousou a mão na minha perna trêmula e se inclinou para me beijar, eu me afastei. Aquilo realmente deixou Jackson assustado. Parecia que ele queria morrer bem ali na minha frente. Mas eu precisava daquele segundo, daquele momento congelado no tempo, para me despedir da minha vida antiga. Do mesmo jeito que você precisa dar uma última olhada na sua casa depois que toda a mudança já está encaixotada. Aquilo era tudo que eu precisava. Um segundo. Quando meus lábios finalmente tocaram os dele, eu juro, pude sentir nós dois soltando o ar.

    Jackson me ensinou a respirar. Um método especial de respiração que também envolvia se afogar, porque, cara, como o beijo dele era molhado.

    Eu estava tão feliz entre o Dia de Ação de Graças e o meio de março, quando tinha Jackson para mim e nada além dele. Eu deveria saber que Ben e Jake farejariam minha felicidade como um tubarão farejando sangue.

    Ben e Jake tinham me escolhido como alvo desde o primeiro dia na escola nova. Assim como aquelas abordagens "aleatórias" em aeroportos, eles me escolheram sem nenhum motivo específico. Eu era marrom e estava ali.

Certa manhã eles desviaram do caminho rotineiro até o refeitório e me abordaram quando eu estava no meu armário. Ben segurou um celular na frente do meu rosto.

— A gente sabe qual é a sua, Jihadi — Jake disse, apontando para uma foto na tela do celular.

Olhei de perto e, quando percebi o que era, tentei pegar o aparelho da mão dele. Jake segurou meu pulso.

Era uma foto de Jackson me beijando no carro dele.

— Você não vai querer que a gente espalhe seu segredinho de bicha pela cidade inteira, né, Amir Bin Laden? Não pegaria bem para a sua gente — Ben disse, se inclinando para chegar mais perto.

Aquelas palavras me acertaram com tanta força que mal consegui registrar o fato de que eles haviam seguido Jackson e eu até o estacionamento onde a gente ficava quando nossos pais estavam em casa. Eu mal consegui olhar direito para a foto. É difícil ver uma imagem como aquela, o rosto do primeiro garoto que você beijou, sem imaginar o olhar bizarro de dois garotos que poderiam te chantagear com o detalhe mais íntimo da sua vida.

— Mil dólares da sua fortuna da Wiki e a gente não mostra essa merda para os seus pais — Jake disse.

Ele cutucou Ben, que confirmou. Olhando para eles, percebi que não estavam brincando: eles realmente acreditavam que eu era um "milionário da Wiki".

É o seguinte: eu realmente levo a Wikipédia *muito* a sério, a ponto de já ter recebido propostas para editar páginas por dinheiro. Tudo começou no segundo ano do ensino médio, quando a mãe de um amigo queria contratar um editor de Wikipédia para fazer uma página para a marca de moda íntima dela. Meu amigo comentou "Amir!!" na postagem do

Facebook e o resto é história. Eu não aceitei aquela oferta, nem nenhum das outras que vieram depois. Artigos pagos são estritamente proibidos nos termos de uso da Wikipédia. Mas quando Ben e Jake me pegaram na biblioteca editando a página de *The Real Housewives of New Jersey*, achei que não faria mal *fingir* que eu recebia para fazer aquilo. É muito mais legal dizer "Faço isso por dinheiro" do que "Faço isso porque acho o poder da contribuição coletiva pela democratização da informação uma coisa supersexy".

Eu não tinha o dinheiro que eles queriam. Implorei para que Ben e Jake acreditassem em mim, mas eles se recusaram. Especialmente Jake. Ele estava estranhamente insistente nessa coisa toda. Como se estivesse se agarrando desesperadamente nessa fantasia de que eu era de fato um milionário da Wikipédia.

Quando me dei conta do que havia acontecido, não foi como uma explosão dentro mim, e sim como um desabamento constante.

Toda a atenção meticulosa que eu havia dedicado a planejar como ia me assumir para meus pais, todos os anos que passei no armário sabendo que eu deveria me assumir do jeito certo: *puf!* Como poeira ao vento. Ben e Jake foram muito claros: se eu não entregasse o dinheiro em um mês, estaria fodido.

Havia mais uma condição.

— Nada de ir contar para o seu namoradinho gay sobre o nosso acordo — Ben acrescentou. — Se alguém ficar sabendo disso, essa merda vai direto para os seus pais.

Ben e Jake demoliram a fortaleza que passei anos construindo para proteger meu segredo.

Quando se é gay, você cresce fazendo muita matemática mental. Seu cérebro é basicamente um grande placar de pontos nas cores do arco-íris, registrando cada coisinha que seus pais dizem – os comentários cotidianos, o jeito como reagem a dois homens de mãos dadas no shopping ou ao último comercial da Nike com um casal *queer*. Você marca pontos para cada acontecimento. Positivos ou negativos. Chega uma hora em que você soma todos os pontos – e, acredite, nenhum é esquecido – e, com base na pontuação final, você decide como vai planejar sua saída do armário.

+1: Mãe assiste Ellen DeGeneres e não torce o nariz quando a Ellen fala sobre sua esposa, Portia.

-1: Mãe é professora na escola islâmica do bairro.

-5: Quando um dos alunos pergunta sobre casamento gay, mãe explica que casamento é entre homem e mulher.

-20: O cinema exibe um trailer de uma comédia romântica gay e pai diz que aquilo é doutrinação ideológica.

-2: Mãe fecha a cara para o mesmo trailer.

-1.000.000: Somos muçulmanos.

Para ser sincero, eu não conseguia visualizar um mundo em que minha saída do armário não fosse caótica. Apesar dos pontos positivos e negativos, havia comprado a ideia que todo mundo tem de que muçulmanos e gays são tão incompatíveis quanto os Amish e produtos da Apple. Queria poder dizer que eu era melhor do que isso, que eu ignorava o estereótipo. Mas, quando sua segurança depende de o estereótipo ser verdadeiro ou não, não dá para ser corajoso. Eu não ia apostar minha felicidade no fato de que minha mãe assistia a um programa de auditório apresentado por uma lésbica.

Mas nada daquilo importava. Minha felicidade dependia de uma dupla de babacas gananciosos e seu esquema de chantagem. Eu tinha quatro semanas e duas opções: desistir e entregar o dinheiro a eles ou me assumir para os meus pais.

Primeira semana: eu estava surtando internamente. Me enfiei em um buraco no meu quarto. Parei de enviar mensagens para o Jackson. Ele me confrontou certa tarde no estacionamento.

— Amir, o que foi?

Lembro de observar a silhueta dos seus ombros largos, as pontas do cabelo loiro que ele se recusava a cortar. Eu não conseguia olhar nos olhos dele – era nossa competição de não se encarar, tudo de novo – porque tudo que eu conseguia enxergar naqueles olhos era aquela foto estúpida da gente se beijando, piscando na minha frente como uma placa de neon.

— Se aconteceu alguma coisa você pode me contar — Jackson disse. Ele estava claramente nervoso por ser visto falando comigo. Mesmo com todo o tempo que passávamos juntos no carro dele, a gente mal se falava na escola.

— Não é nada, Jackson.

— Foram os seus pais? — Ele deu as costas para o campo de futebol, estufando o peito. — Se estiver acontecendo alguma coisa, eu quero...

— Não, você não quer — rebati. — Você não quer ajudar. Eu só preciso de espaço.

Segunda semana: as coisas só pioraram. Comecei a receber respostas das faculdades em que me inscrevi. As cartas de rejeição pingavam na minha caixa de entrada, uma após a outra: NYU, Columbia, Northwestern, Georgetown, Boston College, George Washington. Era como um funeral longo e arrastado, principalmente com os meus pais. Eles ficaram muito calados e geralmente só reagiam com suspiros e acenos de cabeça com os lábios cerrados. Em pouco tempo me dei conta de que não havia arruinado apenas o meu futuro; eu também havia arruinado o Sonho Americano deles. Eu também estava com raiva. Era para a faculdade ser minha luz no fim do túnel – quando eu finalmente poderia me assumir para meus pais em segurança, com uma certa distância entre nós. Eu contava com a possibilidade de que alguma daquelas faculdades seria minha escapatória. Com exceção das duas instituições em que me inscrevi só por segurança, todas as outras haviam me rejeitado. Voltei para dentro da minha concha. Fiquei quieto em casa. Quieto na escola. Quando a terceira semana chegou, a chantagem voltou a martelar minha cabeça constantemente. Eu tinha menos de sete dias e as mesmas duas opções: conseguir o dinheiro ou me assumir. Como eu não tinha condições de decepcionar meus pais mais ainda, decidi me render às ordens de Ben e Jake. Mas, depois de fazer o trabalho sujo na Wikipédia e dar o dinheiro para eles, recebi uma mensagem só do Jake: ele queria mais três mil dólares, desta vez até o dia da formatura. Aquele desgraçado.

Pensei em me assumir para os meus pais. Ficava pensando constantemente naquele placar mental, mas eu simplesmente não conseguia encontrar um jeito de fazer as contas funcionarem. Sempre que eu abria a boca para tentar, eu falhava.

Toda vez que eu tentava colocar só um pouquinho para fora – testando o clima com qualquer comentário que desse a entender que gosto de garotos –, eu amarelava. Já era difícil o bastante ter que pisar em ovos a vida inteira por causa de um segredo como aquele. É exaustivo o sentimento constante de que talvez você não esteja seguro ao lado da sua própria família. Meus pais já estavam me olhando de um jeito diferente por causa de todas as faculdades que me rejeitaram; se eu contasse que sou gay, deixaria de ser o filho deles. Me tornaria um estranho que eles perderam tempo criando.

Uma semana antes da formatura, minha família estava sentada à mesa de jantar quando o telefone tocou. Minha mãe atendeu e então passou para mim.

— Amir, é pra você.

— *Ameeeer*. — Era o Jake. Meu coração acelerou quando escutei sua voz asquerosa ao telefone. — Gostei do sotaque da sua mãe — ele debochou. — Tão exótico.

Subi as escadas correndo até meu quarto. Fechei a porta. Minha boca estava tão seca que mal conseguia falar.

— Por que você está me ligando?

— Algo me diz que a sua mãe não aprovaria sua outra vida, *Ameer*.

O jeito como Jake disse meu nome, imitando o sotaque da minha mãe, era como se ele tivesse acabado de descobrir uma nova arma para me torturar.

Então ele foi direto ao ponto, exigindo saber quando eu entregaria o dinheiro. Queria ter sido corajoso e mandado ele me deixar em paz... Mas pensei na minha família lá embaixo, o jantar tranquilo que estávamos tendo. Me joguei na cama, enfiando a cabeça no travesseiro. Tudo que eu conseguia pensar era: *Não posso fazer isso*.

Depois daquela noite, aceitei que não existia nenhum universo onde eu seria capaz de me assumir. Tentei conseguir o dinheiro. Tentei de verdade. Sentei a bunda na cadeira e entrei em contato com todas as pequenas empresas ou subcelebridades que já haviam me mandado e-mails sedentos por uma página na Wikipédia, mas, no fim das contas, ainda faltavam mil dólares. Dois dias antes da formatura, quase mandei uma mensagem para Jake perguntando se dois mil – dois mil dólares! – seriam o bastante. Mas antes de apertar o botão de enviar, tive um estalo. Uma ideia nova, uma terceira opção que eu ainda não havia considerado. *Desaparecer*. Só por um tempo. Eu sabia que a ideia era ridícula. Na verdade, tão ridícula que a fantasia de faltar à formatura e ir para outro lugar me confortou por cinco segundos. Foi a maior calma que senti em meses. E então a ideia continuou na minha cabeça. E, quanto mais eu pensava no assunto, em simplesmente me retirar dessa bagunça até que as coisas sossegassem, menos ridículo parecia. Você não fica parado do lado de uma bomba que está prestes a explodir. Você corre.

Na manhã da formatura, eu estava hiperventilando no meu carro, estacionado na porta da garagem, com uma mala feita ao meu lado, no banco de passageiro. *Então é isso*, eu continuava pensando. Não conseguia acreditar que estava seguindo em frente com aquela ideia insana. Mas, em algumas horas, Jake ia contar meu segredo para meus pais no meio da formatura. No dia anterior, ele já havia me dito que faria dessa forma.

Já eu, estaria em um avião a milhares de metros de altura no céu. A salvo. Eu teria espaço. E, quando eu pousasse, teria a resposta mais importante da minha vida: saberia se minha família ainda me amava ou não. Se a resposta fosse sim, eu voltaria para casa.

E se fosse não – bom, eu estaria bem longe, como sempre planejei.

Quando finalmente comecei a dirigir, senti o choque entre minhas duas identidades mais forte do que nunca. Iraniano. Gay. Sempre existiu um muro separando meus dois lados para que eles nunca se encontrassem. De um lado, havia Jackson. Do outro, minha família. Em breve o muro cairia. Respirei fundo. E então observei minha casa pelo retrovisor ficando menor e menor, até desaparecer.

Sala de interrogatório 37

Amir

Aquele era o plano inicial. Eu só queria ir pra Nova York. NYU e Columbia eram duas das minhas faculdades dos sonhos, e eu achei que conseguiria fugir enquanto Jake sequestrava minha saída do armário. Você precisa entender que eu estava esperando pelo pior, e, se meus pais não me quisessem de volta, eu poderia começar uma nova vida em Nova York.
Roma nunca foi parte do plano inicial.
Se eu mantive contato com o Jackson desde que saí dos Estados Unidos? Sim e não. É complicado. Não acredito que vou mesmo te dizer isso, mas ainda me pergunto se eu amei o Jackson. Sei lá. Essa palavra sempre foi muito delicada entre a gente. Muita coisa era delicada entre a gente. Tudo que eu sei é que nós dois nunca acreditamos que ficaríamos juntos. Nunca acreditamos em um futuro pra "nós" da mesma forma que acreditávamos em um futuro em que, algum dia, eu poderia ser Amir... e o Jackson poderia ser ele mesmo também.

Você está me olhando como se nada disso fosse relevante pra explicar a briga no avião, mas é. É a bagagem. Vocês não são especialistas em inspecionar bagagens? Desculpa, eu não deveria ter dito isso. Só estava tentando enfatizar, com essa minha história longa, que, no fim das contas, tudo tem a ver com o Jackson. Se eu nunca tivesse conhecido Jackson, eu não estaria aqui. Consigo desenhar uma linha reta que conecta nosso primeiro beijo a este momento, sentado nesta cadeira, morrendo de medo de ver as pessoas que estão atrás dessa parede. Pra ser sincero, tenho mais medo de falar com eles do que com você.

Sala de interrogatório 38

Soraya

Meu nome é Soraya Azadi. Tenho treze anos. Meu irmão, Amir, estava desaparecido havia um mês. Ele desapareceu na manhã da formatura dele no ensino médio. Se eu notei algo diferente ou fora do normal com o Amir antes de ele desaparecer? Se ele estava conversando com alguém suspeito? Bom...

Mãe, não me olha assim. Amir está na sala ao lado, e eu tenho certeza de que ele está dizendo a verdade. Ele não tem motivo algum pra sentir vergonha. Desculpa, policial, eu não quis perder a paciência. Só estou um pouco irritada, só isso. Não acho justa a maneira como a minha família foi empurrada pra essas salas. De verdade, não acho justo. Tentei gravar a coisa toda lá na sala de espera, mas minha mãe me mandou guardar o celular.

Tudo foi apenas um mal-entendido. Fico feliz que você também pense assim.

Claro. Posso contar tudo. Quanto tempo você acha que isso vai levar? Já perdi dois ensaios para o musical de verão, e se *eu perder o de hoje à noite, eu... minha mãe está me olhando daquele jeito de novo. Ela acha que estou falando demais. É engraçado, eu sabia que ela ia ficar assim quando você me pediu pra falar primeiro. Está vendo a expressão dela? Vou interpretá-la pra você:* Soraya, cuidado com o que você fala. Soraya, nós somos iranianos. Resolvemos esses assuntos entre nós, Soraya. *Se ela fosse responder sua pergunta, ela diria que não, nós não notamos nenhum sinal de que Amir fugiria. E ela estaria dizendo a verdade. Pela perspectiva dela, estava tudo bem. Na cabeça dela, nunca há nada de errado.*

Não, mãe, deixa eu falar! *O que a expressão dela deveria estar dizendo é:* Soraya, obrigada. Soraya, se não fosse por você, nós não teríamos encontrado seu irmão e trazido ele de volta. Me deixe explicar.

Sala de interrogatório 39

Afshin Azadi

Antes de prosseguir, me deixe esclarecer uma coisa. Vocês estão interrogando meu filho em uma sala, correto? E minha esposa e filha estão juntas em outra sala. E vocês me deixaram sozinho aqui – e eu acho que sei o motivo de ter sido colocado em um lugar separado. Lá no fundo, eu sei. E pelo jeito como você me olha, acho que você sabe também. Essa não é minha primeira vez em uma salinha como esta aqui.
Muito bem.
Não, não tenho mais nada a declarar.

Trinta e um dias atrás

Quando pousei no Aeroporto JFK na manhã da minha formatura, me senti seguro. Eu estava a um mundo de distância do pesadelo que seria o fim do ensino médio. E, acima de tudo, estava longe de Jake e de toda a confusão que ele estava prestes a causar para a minha família.

Contrariado, me obriguei a olhar meu celular. Àquela altura, a formatura já teria acabado. Imaginei toda uma cena, como se eu tivesse jogado uma granada, corrido para longe e, agora, estivesse conferindo se a explosão deu certo ou se foi um alarme falso.

Permaneci sentado na poltrona apertada do avião. Meu celular ainda não havia se conectado à rede. Balancei o telefone. Levantei o braço e o segurei no alto.

Finalmente, as barras de conexão apareceram no canto da tela. Eu tinha sinal. E lá estavam elas: quinze mensagens, todas da minha mãe, do meu pai e da minha irmã. Conferi as chamadas perdidas. Cinco novas mensagens na caixa postal. Voltei para as mensagens e comecei a ler. *Amir, cadê você?*

Amir, está tudo bem? Amir, por que você não está atendendo o telefone? Amir, por que você não está em casa? Aonde você foi? Por favor, responda e nos diga que está tudo bem.

Respondi imediatamente. *Estou bem. Posso explicar.* Depois prendi a respiração. Porque, àquela altura, minha família já sabia. Certeza que sabiam. Na semana anterior, Jake havia deixado bem claro que se eu não entregasse o dinheiro, ele contaria tudo durante a cerimônia. Ele até havia pensado em enviar a foto para os meus pais quando começassem a chamar os nomes dos alunos. A ideia de atravessar aquele palco ouvindo o silêncio da minha mãe, do meu pai e da minha irmã me dava vontade de vomitar.

Meu telefone vibrou. Era minha mãe: *Que bom. Nós te amamos.*

Devo ter encarado aquela mensagem por um minuto inteiro, olhando para a tela e para o avião. Todos os outros passageiros já haviam desembarcado.

Meu coração desacelerou enquanto eu assimilava aquelas palavras.

Minha família ainda me amava.

Peguei minha bolsa de mão no compartimento acima do assento e a apertei contra o peito. Passei as semanas anteriores imaginando como eles reagiriam à notícia de Jake. Será que achariam que era mentira? Será que diriam a si mesmos que era uma montagem?

Independentemente do que concluíram – eles me amavam.

Me senti tonto enquanto caminhava para a saída do avião. Lembrei do meu placar colorido, todos os pontos positivos que, claramente, não contabilizei. Pensei em como meus pais haviam me criado para tratar todas as pessoas de forma igual, como não se prendiam aos mínimos detalhes da nossa religião e cultura. Eles poderiam me surpreender. Eu deveria ter esperado o melhor deles.

Quando finalmente saí do avião, liguei para eles.

— Amir? — minha mãe disse, freneticamente. — Ah, Amir. Nós estávamos tão preocupados!

— O que você tem na cabeça? — meu pai entrou na conversa. — Onde você está?

— Desculpa. Desculpa. Posso explicar — eu disse enquanto andava pelo corredor longo do aeroporto, passando por uma loja de conveniência. — Eu só fiquei com medo...

— Medo de quê? — Meu pai perguntou.

Meu coração parou. Fiquei de pé em frente aos banheiros fedidos do aeroporto, no meio das entradas para o masculino e o feminino. Eu estava confuso.

— Vocês ainda estão na formatura? — perguntei.

— Não. Te procuramos depois da cerimônia, mas você não estava lá.

Pensei nas próximas palavras com muito cuidado.

— Vocês conversaram com algum colega de classe...

— Nós perguntamos pra alguns colegas se eles sabiam onde você estava — meu pai disse. — *Joonam, azizam*, o que há de errado?

Minha vida, querido. Sempre que eu ficava triste, meu pai pegava pesado com expressões carinhosas em persa.

— O que aconteceu? — ouvi minha irmã perguntando ao fundo.

— Onde você está, Amir? — minha mãe perguntou.

Eu estava surtando. Ao telefone, meus pais pareciam preocupados de verdade. Parecia que me amavam. Aquilo fez com que eu me sentisse ainda mais uma farsa.

Um anúncio tocou nos alto falantes: "Bem-vindos ao Aeroporto Internacional de Nova York..."

Minha mãe e meu pai começaram a falar ao mesmo tempo, interrompendo um ao outro.

— Amir, você está no aeroporto?

— Amir, você está em Nova York?

— Amir, o que aconteceu?

Amir, Amir, Amir...

Encerrei a ligação.

Fiquei parado, sem me mover, no meio do aeroporto lotado. Então Jake não havia contado para eles. Ele tinha dado para trás.

Alguém esbarrou na minha perna com uma mala de rodinhas, então decidi me mexer. Andei sem rumo pelo aeroporto. Não tinha a menor ideia do que fazer. Me sentia perdido, com minha mala e todo aquele barulho. Todas aquelas pessoas ao meu redor. Me dei conta de que ainda estava com meus fones de ouvido.

Meu plano tinha dado errado.

Eu não podia voltar para casa. Se voltasse, teria que explicar para os meus pais o motivo da minha fuga e lidar com a explosão pessoalmente. E mesmo se eu conseguisse inventar uma boa desculpa para ter faltado à minha própria formatura, Jake ainda poderia usar meu segredo contra mim. Talvez ele não tenha dado para trás. Talvez só tivesse encontrado um jeito de elevar ainda mais o nível da ameaça.

Encontrei outro banheiro e entrei em um reservado. (Eu tinha visto filmes adolescentes o bastante para saber que aquele era o melhor lugar para lidar com uma crise.) Chequei o celular novamente e vi que Jackson havia me mandado uma mensagem. Meus amigos de Maryland também. Minha mãe devia ter entrado em contato com eles.

Aquela minha aventura fodida deveria terminar de uma das duas formas possíveis. Se meus pais aceitassem o fato de eu ser gay, eu voltaria direto para casa. Se não aceitassem, eu começaria uma nova vida. Mas o que eu deveria fazer *agora*?

Saí do banheiro aos tropeços e quase dei com a cara em um daqueles painéis luminosos de embarque. Encarei a lista infinita de cidades.

Por que eu estava com tanto medo de voltar para casa? Por que eu não conseguia ser corajoso, marchar em direção aos meus pais e contar o que aconteceu e o motivo de eu ter perdido minha própria formatura? Por que eu não podia me assumir para eles? Por que eu não podia simplesmente pronunciar aquelas palavras?

Meus olhos passearam pela lista de cidades. Chicago. São Francisco. Atlanta. Cada uma delas um convite, uma saída de emergência, um porto seguro.

Meu celular tocou. Estava vibrando durante todo aquele tempo, me dei conta, como se eu tivesse um vibrador amarrado na minha coxa. Mas eu não podia atender. Simplesmente não podia. Mas, ao mesmo tempo, não dava para ficar em Nova York; meus pais sabiam que eu estava aqui. Eles poderiam me achar.

Eu tinha que ir para outro lugar. Chicago. São Francisco. Atlanta.

Passei as mãos pelas pernas e senti o volume do meu passaporte no bolso da calça jeans. Por que eu havia trazido o passaporte? Não sei. Será que alguma parte de mim, quando imaginei a possibilidade de nunca mais voltar para casa, enxergou essa situação como uma emergência internacional, em que talvez eu tivesse que voar para fora do país? Loucura, eu sei.

Por outro lado, olhando a lista de possíveis destinos, não pareceu loucura na hora. Eu tinha meu dinheiro da Wikipédia. Poderia ir para qualquer lugar. E por que não algum lugar fora dos Estados Unidos? Londres. Paris. Barcelona.

Foi quando encontrei, ao lado do painel de embarque, uma loja de *gelato*. Brilhante, iluminada por uma luz celestial, ostentando os sabores de sorvete mais coloridos que eu já tinha visto na vida. Dei um passo em direção à luz para inspecionar melhor as cores do arco-íris, o vermelho dos morangos, o chocolate e a baunilha.

Agora, pensando bem, é muito louco como uma loja de *gelato* pode literalmente mudar o rumo da sua vida.

Sala de interrogatório 38

Roya Azadi

Senhora, antes de prosseguirmos, por favor, me permita pedir desculpas pelo comportamento assombroso do meu filho naquele avião. Eu garanto que foi algo completamente fora do comum e não há nada com que se preocupar – apenas um assunto de família. Por favor, permita-me também pedir desculpas em nome da minha filha. Entendo seus motivos para querer falar com ela, e agradeço por ter me deixado ficar na mesma sala que ela durante o interrogatório. É que ela ficou muito sensível com os acontecimentos do último mês, depois do desaparecimento do irmão. Não foi, Soraya? Veja só, ela está revirando os olhos agora porque não gosta que eu fale por ela. Qual adolescente gosta, não é mesmo?

Minha bolsa? Sim, claro que você pode revistar. Aqui.

Todos esses frascos são de álcool em gel. Posso garantir, todos têm menos que... ah, não, esse daí, sim, esse tem mais de cem mililitros. Sinto muito. Estava em promoção na farmácia do aeroporto, e eu não sabia que...

Esse é o meu celular. Precisa da senha? Claro. Soraya, por favor, se acalme. Está tudo bem.

Essa é uma foto minha com meus alunos. Postei no Instagram no fim do ano letivo. Sou professora em uma escola persa e uso o hijab em sala de aula. Veja bem, não estou usando agora, mas as aulas acontecem em uma mesquita, então lá eu uso. Esse... esse é o perfil da minha amiga Maryam no Instagram. Esses são versículos do Alcorão. Ela é bem devota. Não entendo como isso pode ser relevante para... hm, sim. Eu, eu entendo o versículo. É sobre encontrar seu caminho quando você está perdido. É bem pacífico, posso garantir. Mas esse aí está em árabe, não em persa. Policial, o islamismo, como qualquer outra religião, é muito complexo e pode ser praticado de muitas formas diferentes, espero que você não...

Entendo que você está trabalhando e precisa fazer perguntas. Com certeza, entendo, sim. E agradeço a paciência de vocês com a gente, com meu marido – entendo que seus colegas precisaram interrogá-lo em uma sala separada por causa de um ocorrido no passado. Ficamos mais do que felizes em responder qualquer pergunta. Mas, por favor, saiba que o que aconteceu no avião é um assunto delicado, um tópico complicado que ainda estamos enfrentando como família. Soraya estava certa quando presumiu o que eu gostaria de dizer. Na nossa cultura, esses assuntos geralmente são tratados com discrição.

Isso? É uma foto que tirei na cerimônia de formatura do Amir, quando descobrimos que ele havia desaparecido. Chegamos no auditório cedo para pegar lugares bons – conseguimos assentos ótimos, na terceira fileira ao lado direito do palco.

Percebi que Amir não estava lá quando não o encontrei sentado na fileira da frente. De acordo com a programação, os formandos ficariam sentados em ordem alfabética. Amir Azadi. Soraya e meu marido disseram que provavelmente havia acontecido algum engano, e ele devia estar sentado em algum lugar no meio daquele mar de alunos, mas eu sabia que alguma coisa não estava certa. Deve ter sido o instinto materno. Já perdi meu filho uma vez na Disney e senti meu estômago queimar do mesmo jeito naquele dia. Ele se perdeu da gente no parque, o Amir, e se meteu em uma aventura qualquer. Quando o encontramos, ele havia se metido em uma briga com o Pateta. Ele tinha irritado de verdade o homem na fantasia de Pateta; aparentemente Amir deu um soco no nariz dele. Ele tinha só cinco anos. Foi um mal-entendido.

Procurei por Amir no meio da multidão de alunos. Busquei seu rosto naquele oceano de capelos e becas vermelhas. Nada. Mandei mensagem para o Amir. Muitas mensagens. Do lado de fora do auditório, estávamos cercados de capelos e becas e todos os familiares tiravam fotos como se fossem paparazzi. Eu ainda não tinha me dado conta de que nós não tiraríamos fotos como aquelas com o nosso filho.

Durante a cerimônia, um garoto alto e nervoso ficava olhando em nossa direção. Ele se aproximava e se afastava, quase como se quisesse conversar com a gente. Seu cabelo era muito bagunçado. Eu ficava pensando, A mãe desse menino precisa levá-lo ao barbeiro. Ele parecia bem nervoso.

Policial, você não acha que deveria conversar com ele, talvez?

Sala de interrogatório 38

Soraya

Aquele filho da pu...desgraçado do Jake. Desculpa. Eu geralmente não falo palavrão. Mas se, naquele dia, eu soubesse quem ele era, teria dado um chute no meio das bolas dele. Sim, mãe, aquele era o Jake. E eu o odeio ainda mais agora que sei que ele quase falou com a gente no dia da formatura.

Amir não tinha nenhum amigo naquela escola nova, não que a gente soubesse, então ligamos para a Lexa e o Arun, os melhores amigos dele de Maryland, pra ver se sabiam de alguma coisa. Eles disseram que Amir não havia contado nada pra eles. Na verdade, disseram que ele tinha meio que sumido depois do Dia de Ação de Graças, bem quando Amir começou a... Bom, já vou chegar nessa parte. Aparentemente, eles tentaram entrar em contato com Amir algumas semanas antes da formatura. Ele não havia comentado nada sobre a faculdade, e eles se lembravam de como ele sempre quis estudar em Nova York. Disseram que rolou uma chamada de vídeo meio constrangedora. Amir estava de mau humor. Disseram que ele não queria, de jeito algum, conversar sobre o futuro.

Isso deixou meus pais muito preocupados. Reviramos o quarto dele e não achamos nada. Nenhum bilhete. Mas, quando minha mãe foi procurar nas gavetas, percebeu que um monte de camisetas e cuecas não estava mais lá. Ele tinha ido pra algum lugar. A gente ligou pra ele, mas só dava caixa postal. Meus pais estavam realmente muito preocupados. Onde ele podia ter se metido, sabe?

Quando ele finalmente retornou a ligação, meus pais ficaram aliviados pra caramba. Parecia que alguém havia dito que eles ganharam um milhão de dólares. Sem brincadeira: minha mãe literalmente pulou e bateu palmas quando viu que era ele quem estava ligando. Mas aí eles descobriram que Amir estava no aeroporto e, do nada, ele desligou na nossa cara. Meu pai ficou supercalado. Dava pra perceber que ele estava pensando na última vez que Amir fugiu de casa, dois anos antes. "Droga!", ele disse de repente. "O que eu falei de errado dessa vez?" E então ele olhou pra mim e sorriu. "Não se preocupe, joonam. Seu irmão vai voltar pra casa."

A casa estava tão silenciosa na primeira noite sem o Amir. Escura, vazia, morta. Quando eu era pequena, sempre imaginava a morte como andar no escuro. Eu sei, eu era muito dramática naquela época. Uma bebêzona. Lembra, mãe? Quando eu corria para o seu quarto e dormia entre você e o papai porque estava assustada? Só pra deixar claro, eu não faço mais isso, policial.

Na manhã seguinte, perguntei para os meus pais se eles iam ligar para a polícia, pra começarem uma busca pelo Amir. A gente tinha acordado muito cedo, ainda estava escuro lá fora. Meus pais estavam encostados no fogão tomando chá nas suas xícaras de cristal. Eles me olharam com um sorriso amarelo e disseram pra eu não me preocupar.

Não, mãe, foi exatamente isso que vocês disseram. No seu mundinho dos sonhos, o Amir ia voltar pra casa por conta própria, assim como da última vez. E depois, no seu mundinho dos sonhos, você ia varrer qualquer problema que ele tivesse pra debaixo do tapete persa. De novo. Mas eu conheço meu irmão. Ele não estava feliz já havia um tempo. E daquela vez era diferente.

A casa parecia morta de noite e incompleta de dia. Eu comia meu cereal na mesa do café da manhã, e Amir não estava lá pra me mandar comer mais rápido, antes que o cereal ficasse empapado. Minha amiga Madison passava lá em casa e eu não conseguia rir das piadas dela. Uma vez, tive que correr até o banheiro só pra conseguir respirar. Era o terceiro ou quarto dia depois do sumiço do Amir. Eu encostei a cabeça no armário de remédios e – por favor, não fica brava, mãe, mas eu pensei que talvez eu também pudesse fugir. Nossa casa não era a mesma sem o Amir.

Eu pensei no meu livro favorito, From the Mixed-Up Files of Mrs. Basil E. Frankweiler. Você já leu para a sua filha, policial? Que legal. O livro me fez pensar: se Amir realmente fugiu, por que ele não me levou junto, como Claudia e Jamie? A gente sempre foi muito próximo um do outro. Eu não conseguia imaginar o Amir que eu conhecia abandonando sua irmã sem se despedir. A não ser que ele tivesse um motivo muito bom pra partir.

Eu precisava descobrir o porquê. E foi aí que vesti meu chapéu de detetive. Primeiro passo: comecei a conversar com as pessoas da vida dele.

Sala de interrogatório 37

Amir

Tudo bem: já dei todos os detalhes que você pediu – número e horário do voo, o endereço onde fiquei em Roma. Mostrei a confirmação de voo da agência de viagens, o recibo do Airbnb, o recibo dos euros que eu saquei no câmbio monetário, até mesmo a foto que tirei da vista do céu de Nova York pela janela do avião. Mas estou falando sério: essa viagem aconteceu por causa do gelato. Foi uma decisão de última hora, no Aeroporto JFK, e o único motivo pra eu decidir ir pra Roma foi porque me deparei com o tipo mais delicioso de todos os sorvetes. Não foi nenhum terrorista. Nenhum amigo. Só sorvete.

Trinta dias atrás

Quando me dei conta, estava sentado no meio de um sótão minúsculo que consegui reservar de última hora. Eu estava literalmente dentro de um closet (não deixei de reparar na ironia). E foi ali que a soma das últimas 24 horas de viagem começou a fazer efeito na minha cabeça.

Começou devagar, mas foi batendo com força e mais força enquanto eu observava o lado de fora através daquela pequena janela no meio da inclinação do telhado. Deixei meus olhos percorrerem as telhas vermelhas, passando pelos muros brancos, os peitoris das janelas feitos de argila, até o terraço, onde uma Vespa vermelha e supersexy estava estacionada em uma calçada de tijolos quebrados.

E então o surto chegou todo de uma vez: puta merda. Eu estava em *Roma*. Dizem que o estresse pode te levar a fazer loucuras. Quer dizer, eu basicamente apaguei total e peguei um voo para fora do país. Tipo aquela vez que dormi no metrô de Nova York e acordei no Harlem, só que dessa vez em um *avião*. Não me lembro de ter ido até o portão de embarque internacional; não me lembro do voo; não me lembro de ter pegado um ônibus em Roma ou de encaixar a chave na fechadura do apartamento ou de ter tirado os sapatos.

Corri para o lado de fora, em direção à rua. Lá estava eu: Via della Gensola. Paredes cobertas de musgo. Chão de paralelepípedos. Um casal passou zumbindo em uma Vespa, e meu olhar acompanhou os dois conforme eles pararam no fim da rua e se beijaram por alguns segundos antes de desaparecer dentro de um restaurante. Foi a coisa mais italiana que já vi.

Corri de volta para o apartamento. Entrei com tudo no banheiro minúsculo, quase destruindo o antigo sistema de aquecimento de água, e me olhei no espelho. Olhos vermelhos. Olheiras escuras abaixo deles.

Olhando para mim mesmo, naquele momento, eu soube: *Você foi longe demais desta vez, Amir.*

Apesar da janela pequena, observei o céu escurecer lá fora. Ouvi o barulho das panelas e frigideiras em algum andar abaixo do meu. Escutei sinos tocando. Senti o cheiro de cebola e alho sendo refogados. Havia algo libertador em estar a milhares de quilômetros de distância dos meus problemas. Não os apagava por completo, mas a distância ajudava. Sempre ajuda.

Decidi que devia aos meus pais pelo menos uma explicação mínima. Então escrevi um e-mail para eles: *Mãe e pai, por favor, não me odeiem. Estou lidando com muita coisa agora, mas quero que vocês saibam que estou seguro. Prometo que estou seguro e estou bem. Só precisava me afastar um pouco por alguns dias.* Fechei minha caixa de entrada logo depois de clicar em "enviar".

Acordei na manhã seguinte com o cheiro de pão fresco e ovos fritos invadindo o ar pela janela aberta. O som de panelas e frigideiras ainda estava lá, mas agora havia pássaros cantando também. E a luz do sol. A gloriosa, gloriosa luz do sol. Sorri pela primeira vez em dias. E tive meu primeiro pensamento coerente: *O que um garoto como eu deve fazer depois de tomar a decisão mais doida de todas, quando sua vida já está no limite? Como voltar ao normal depois de tudo isso?*

Gelato. Mal pisei do lado de fora e encontrei um quiosque de *gelato* na rua, para onde eu corri empolgado e pedi uma casquinha com duas bolas: chocolate e morango. O sabor doce e gelado acalmou meus nervos. O chão debaixo dos meus pés parecia firme novamente.

O *gelato* derreteu rapidamente enquanto eu passeava pelas ruas coloridas de Trastevere. Havia algo mágico naquele bairro, com suas portas antigas, becos e os jovens sentados em cadeiras plásticas do lado de fora de bares e restaurantes, fumando e tomando café sem nem um pingo de preocupação. Dei a última mordida na casquinha, limpei os dedos na calça e sorri. Eu gostava de lá.

Encontrei uma livraria e decidi entrar. A loja estava vazia e o ar-condicionado estava ligado. Um homem gritou *"ciao"* dos fundos da loja; eu gritei *"ciao"* de volta. Encontrei a seção de livros em inglês e estava folheando o último romance do John Green quando outra cliente entrou na loja. Ela parecia conhecer o livreiro. Escutei casualmente a conversa dos dois. Fiquei surpreso porque, além de conversar em inglês, o funcionário tinha um sotaque estadunidense perfeito. Ele perguntou à mulher sobre como estava sua escrita – ela era uma autora italiana de romances eróticos. Ela perguntou a ele como estava seu parceiro.

Meus ouvidos ficaram atentos depois da palavra "parceiro".

O livreiro era gay? Poderia ser um parceiro de negócios. Ou um amigo de longa data. Mas, por algum motivo, a possibilidade de que aquele homem poderia ser como eu me deixou feliz de um jeito que eu não me sentia havia muito tempo.

Naquele exato instante, enquanto fingia folhear uma cópia de *Tartarugas até lá embaixo*, me dei conta de que em qualquer outro momento na minha mais-ou-menos-curta vida eu tentaria fugir daquela situação. Eu teria morrido só por estar perto de outro gay ou por ouvir a palavra "parceiro". Sempre que minha família passava por dois homens de mãos dadas, eu sentia que, se eu olhasse por mais de um segundo, seria desmascarado. Minha mãe ou meu pai sacariam na hora. Pela primeira vez eu não precisava me preocupar. Além disso, pude me dar ao luxo de sentir que eu fazia parte de algo. Aquela palavra, "parceiro": aquele universo de homens de mãos dadas não era mais uma ameaça. Não era mais algo que pudesse me expor.

Veja bem, por muito tempo não pude controlar meu próprio destino. Eu estava no armário pelas circunstâncias. Fui atraído para Roma pelo acaso. Mas, agora que estava lá, todos os acasos pertenciam a mim. Então decidi fazer algo a respeito; eu ia conversar com aquele homem. Ia puxar papo com ele – sendo gay ou não – e perguntar o que eu poderia fazer durante minha breve estadia em Roma.

Fingi olhar mais alguns livros até escutar o sino soando na porta, indicando que a escritora havia ido embora. Finalmente peguei uma cópia de *As vantagens de ser invisível* (era um euro mais barato do que os outros livros YA) e levei até o caixa. O funcionário da livraria olhou na minha direção e dobrou a página do livro que estava lendo.

Foi ali que eu dei adeus a qualquer possibilidade de parecer legal.

Ninguém deveria ter permissão para trabalhar em uma livraria e ser lindo *daquele* jeito.

Sério, o cara parecia ter saído direto da capa de um livro de romance. Seus olhos eram absurdamente penetrantes. Eu queria jogar uma bolinha de gude no seu cabelo ondulado, penteado para trás. E o jeito como a regata encaixava nele, leve e solta, com tatuagens e músculos por baixo – fiquei tão fora de mim que fiz uma pequena prece para todos os meus antepassados.

Ele foi simpático logo de cara.

— *As vantagens de ser invisível*! Uau. Ótima escolha. Faz um tempão desde a última vez que li.

Eu imediatamente me tornei um bobão. Desajeitado. Estabanado.

O homem recebeu o pagamento, me entregou o recibo e já estava pronto para se despedir como faria com qualquer outro cliente quando criei coragem:

— Vou ficar na cidade por alguns dias e estava meio que pensando... O que tem pra fazer... aqui?

Ele sorriu, como qualquer pessoa amigável faria, e acho que meus ombros literalmente derreteram sobre o meu peito. Ele rasgou uma folha de papel de um caderno que estava à esquerda na mesa (infelizmente, essa foi a única coisa que ele rasgou) e começou a escrever.

— Imagino que você não vai querer nenhum desses passeios de turista, tipo o Coliseu ou a Capela Sistina... não que eles não sejam importantes do ponto de vista histórico! Mas esse tipo de coisa você encontra em qualquer guia de viagens... Ah! Tem esse parque lindo, Giardino degli Aranci, que por si só já é apaixonante, mas, se você for, precisa encontrar o buraco da fechadura. É de cair o queixo. Tipo, você vai ter a vista mais incrível da Basílica de São Pedro.

Ele também escreveu algumas recomendações de bares e restaurantes.

— Você já tem idade pra beber? — ele perguntou.

— Eu não... sei — respondi.

O que comecei a dizer foi *eu não bebo*, mas aquilo não era verdade. Não depois do último ano da escola.

— Aqui você pode beber aos dezoito anos — o livreiro disse, brincando com a caneta na ponta dos dedos e, naquele momento, ele parecia um mágico. Totalmente Cedrico Diggory. — Não dá pra acreditar que nos Estados Unidos a maioridade ainda seja vinte e um.

Eu costumava acreditar de verdade que nunca beberia nada alcoólico. Meus pais não bebiam e eu tinha parentes que diziam que álcool é veneno, então eu achava que tinha a cabeça feita em relação a isso. Mas Jackson me fez mudar de ideia sobre álcool, e sobre outras coisas também.

— Nesse caso, já tenho idade pra beber — eu disse ao livreiro.

Ele começou a escrever mais uma coisa, mas acabou rabiscando por cima.

— Se você pudesse ficar um pouquinho mais... — ele disse. — Meu parceiro acabou de abrir um bar... Bom, um bar não, uma associação cultural, e a inauguração oficial é daqui a dois dias.

— Seu parceiro! — eu gritei, como o idiota que sou.

— Sim... — ele disse, me olhando ressabiado.

Então ele anotou mais um lugar e perguntou se eu já tinha ouvido falar sobre Pigneto – "É como o Bushwick de

Roma" – e eu respondi que não sabia nem o que era o Bushwick de seja-lá-onde-fica-o-Bushwick, e ele riu. Depois escreveu um terceiro lugar, junto com um nome.

— Jahan. Esse é o nome do barman de lá. Ele é um poeta incrível também.

De repente, um feixe de luz do sol atingiu o cabelo do livreiro, transformando os fios castanhos em loiros e, mais uma vez, lembrei do Jackson. Pensei nas mensagens que ele me enviou no dia anterior – *cadê você, onde diabos você se meteu, Amir, me responde caramba, você está bem, quer que eu ligue para os seus pais...*

NÃO, não, eu finalmente respondi, *estou bem, emergência de família.*

E, simples assim, todas as minhas preocupações voltaram para me atormentar.

Agradeci rapidamente ao livreiro lindo (sem nem mesmo perguntar seu nome) e fui embora.

Do lado de fora, as ruas estavam lotadas e movimentadas. Passei por uma encruzilhada e congelei. Meu coração batia mais forte do que meu peito era capaz de aguentar. Era como se toda aquela cidade antiga – e o Coliseu e a Capela Sistina – estivessem desabando sobre a minha cabeça.

Meus pensamentos oscilavam entre o funcionário da livraria, seu cabelo ondulado e castanho, e Jackson, com seu cabelo cada vez maior e mais loiro. Entre Jake, que ainda controlava meu segredo, e meus pais, que ainda não sabiam de nada. Ao menos eu achava que não sabiam. Quem sabe o que poderia estar acontecendo durante minha ausência?

Engoli em seco a angústia em meu peito por tempo suficiente até conseguir encontrar o caminho de volta para o

Airbnb. Bebi um pouco de água e me deitei na cama por algumas horas. Depois me deitei no chão. Repousei a mão sobre minha testa ardente e fechei os olhos.

Sala de interrogatório 39

Afshin Azadi

Que absurdo! Você está me enchendo de perguntas sobre meu passado. Já disse que fui detido desse jeito outra vez. Há dez anos. Por que eu pareço diferente nas fotos? Porque sim! Porque eu tirei a barba.

A experiência foi aterrorizante. Quando vocês revistaram minhas coisas e fizeram com que eu me sentisse como um bandido. Eu só estava em uma viagem a trabalho. Estava carregando uma mala com substâncias químicas que eu precisava pra uma conferência no Texas e acredito que a intenção da minha viagem foi simplesmente... mal interpretada.

Não, nós nunca contamos isso para os nossos filhos. Eles não sabem. Não quisemos assustá-los.

Sala de interrogatório 37

Amir

Sim, eu adoraria um copo de água. Sabe, policial, o senhor não é nem de perto tão intimidador quanto achei que seria. O que é meio zoado, se você parar pra pensar.

Vinte e nove dias atrás

Eu devo ter bebido metade da água do rio Tibre depois do meu ataque de pânico na livraria. A cama do Airbnb era suspensa por umas correntes esquisitas que chacoalhavam toda vez que eu precisava descer a escada barulhenta de madeira. O que também significava que eu precisava abaixar a cabeça sempre que entrava na cozinha para encher meu copo de água.

Eu queria ir para casa. Para a minha casa de verdade. Queria voltar para o meu quarto, com minhas medalhas estúpidas de participação e o ukulele que Soraya tocava muito mais do que eu. Mas não podia. Aquele era o mesmo quarto em que eu havia passado os últimos meses mal e deprimido. O quarto em que eu passava fins de semana inteiros com a porta trancada, buscando fóruns na internet que deveriam fazer com que eu me sentisse melhor, mas só pioravam a situação. Há muitas histórias horríveis sobre saídas do armário na internet. Eu não deveria ter lido todas elas, mas li.

Voltar para casa não era uma opção.

Foi então que lembrei da lista de recomendações do livreiro bonitão amassada no meu bolso. Desdobrei, desamassei o papel e vi o nome do barman que ele havia escrito. Jahan. Um nome iraniano, que significava "mundo" em persa. Quais eram as chances de isso acontecer?

Então, quando já era quase meia-noite, decidi sair do apartamento e conferir aquele bar. Sair sozinho em um país desconhecido me deixava mais do que apenas um pouco nervoso. Mas parecia bom demais para ser verdade, um barman iraniano em Roma e, além do mais, beber um drinque de verdade em um bar de verdade me parecia um ótimo *upgrade* em comparação à cerveja quente que Jackson escondia no porta-luvas do carro.

Já estava escuro lá fora, mas as ruas de Roma continuavam ostentando sua beleza sem esforço algum. Sério, parecia que elas nem precisavam tentar. Os prédios antigos eram todos pintados perfeitamente em tons pastel e iluminados pelos postes da rua, além disso, havia roupas limpas penduradas nas janelas, lençóis esticados, camisetas e vestidos brilhantes. As cores se mesclavam de um jeito que parecia dar vida ao tecido do próprio bairro. As próprias ruas, também – sim, os paralelepípedos eram desnivelados, mas eu estava me acostumando a andar sobre eles.

O bar ficava em uma rua estreita e escura, e era preciso tocar uma campainha para entrar. Sentadas no bar, havia duas mulheres de cabelo curto; uma delas com uma tatuagem enorme de girassol em seu braço desnudo. E, atrás do balcão, um homem pequeno com um sorriso grande e olhos de bêbado maiores ainda. Não como os de alguém *realmente* bêbado – ele parecia manter muito bem a compostura, equilibrando duas garrafas e um copo de dose –, mas aquele tipo de olhos que estão sempre avermelhados e com olheiras. O tipo fofo.

— Estou procurando pelo Jahan — eu disse ao barman.

— Sou eu — ele respondeu.

Olhei para ele mais uma vez. Esse cara estava de brincadeira comigo? Não sei outra forma de dizer isso, mas aquele homem não parecia com nenhum iraniano que eu já havia visto na minha vida. Quer dizer, seu nome era mais iraniano do que kebab e Persépolis. Mas sua pele era coberta de tatuagens. E alguns tons mais escura do que a minha. Caramelo queimado comparado com o meu caramelo ao leite.

Ele terminou o drinque que estava preparando e o entregou para a moça com tatuagem de girassol.

— *Jah-han*. Você pronunciou direitinho. Os italianos sempre conseguem errar meu nome. Você deve ser persa. Certo?

— Sim, eu sou — respondi.

— Sabia! Soube assim que você entrou. Qual é o seu nome?

— Amir.

— Amir — Jahan repetiu. — *Befarmah*, seja bem-vindo. Fique à vontade. O que você gostaria de beber?

Sentei em uma das banquetas perto do bar, minhas pernas balançando sobre o chão, e apoiei os cotovelos no balcão molhado.

— Cerveja?

— Que tipo de cerveja?

Desviei o olhar para o teto.

— Ah, eu bebo qualquer uma.

Jahan me lançou um olhar engraçado. Ele com certeza percebeu que eu nunca tinha pedido uma cerveja na vida.

— Uma *cerveja*, é pra já. Como você conheceu o bar?
— Fui em uma livraria hoje mais cedo e o livreiro me recomendou este lugar — eu disse. — Bom, pra ser mais específico, ele me recomendou você.
— Você conheceu o Neil! Ah, eu amo o Neil — Jahan disse. — Ele é a pessoa mais querida do mundo.
— Meu Deus, ele é *legal* também?
Jahan riu enquanto enchia uma tulipa alta de cerveja para mim.
— Meus parabéns. Você descobriu que o céu é azul — ele disse.
Fiquei com vergonha, sabendo que Jahan já havia sacado que achei Neil atraente, e bebi um longo gole. Fui positivamente surpreendido com o gosto, que era muito melhor do que a cerveja quente do Jackson.
Jahan continuou cuidando do bar, cantarolando a música ambiente que estava tocando.
— Que música é essa? — perguntei.
Ele me olhou como se eu fosse um alienígena.
— Você não conhece Nina Simone?
— Esse é o nome da música?
Jahan ficou de queixo caído. Ele virou para as duas mulheres sentadas e jogou os braços para cima.
— Um caso perdido! Esse garoto é um caso perdido! Ou ele tem menos de vinte e cinco anos ou é um hétero incorrigível.
Minhas orelhas queimaram, e meu instinto natural mandou que eu ignorasse aquele comentário. Quer dizer, durante toda a minha vida, até mesmo a piadinha gay mais insignificante era capaz de mexer comigo e me deixar em estado de alerta. Mas então me dei conta de que eu não precisava ignorar a piada de Jahan. Eu não precisava ficar sem jeito.

— Foi mal, mas dessas duas coisas, apenas uma é verdade — respondi.

Jahan abriu um sorriso tão grande que quase deu para ouvir o som estalado dos lábios se abrindo, o que evidenciou suas covinhas.

— Então, onde ficam os italianos em Roma? — perguntei. — Porque tirando você e o Neil, só conheci americanos.

— Do jeito que a economia está, parece que todos eles estão indo embora. Os jovens não conseguem emprego, a extrema direita está começando a se movimentar, mas pelo menos a gente ainda tem macarrão — Jahan riu. — Não me leve a mal. A Itália é um lugar incrível pra visitar, mas quem decide morar aqui não tem nada na cabeça.

Imaginei que essa seria a deixa de Jahan para ir atender outros clientes do bar, e ele o fez – havia cervejas para servir, drinques sofisticados para preparar – mas, ao mesmo tempo, continuou fazendo a coisa mais incrível de todas: puxando assunto comigo. "Você precisa passar lá enquanto estiver aqui na cidade, Amir", ele disse depois de conversar com um turista sobre a Capela Sistina. "Ah, nos Estados Unidos eles praticamente te apressam pra sair dos restaurantes", ele disse sobre o atendimento mais lento na Itália, piscando para mim. "Nosso povo já existe há uma caralhada de tempo", se gabou, comparando o Império Persa com as monarquias europeias.

No fim das contas, Jahan era apenas metade iraniano, por parte de pai – sua mãe era da República Dominicana –, mas depois de beber alguns drinques, ele só queria falar sobre a cultura iraniana.

— Você conhece o Fereydoon? É um cantor — Jahan disse. — Sou obcecado por ele. Ele era superfamoso na década de sessenta e tinha uma irmã emo e poeta que era tipo a Virginia Woolf iraniana. E ele era muito, muito gay. Todo mundo sabia! Mas é óbvio que ninguém podia falar nada.

E então Jahan subiu no balcão – sem brincadeira! – e performou uma das músicas de Fereydoon, balançando os dedos de forma extravagante e erguendo as pernas em chutes altos. Eu só conseguia pensar: *Quem é esse cara?*

Durante a noite toda, Jahan me contou uma história atrás da outra. A do mamilo era particularmente bizarra – da melhor forma possível.

Mas antes de ficarmos realmente bêbados e chegar a hora da mundialmente conhecida história do mamilo – pelo que entendi, aquela história tinha se espalhado para mais gente do que a pandemia de gripe espanhola em 1918 ou a herpes em uma república de estudantes –, escutamos Joni Mitchell.

— Conhece essa música, Amir? — Jahan perguntou, se apoiando no balcão.

Eu reconhecia a batida e a letra – paraíso pavimentado, alguma coisa sobre estacionamentos –, mas não conhecia a cantora.

— Você é um caso perdido mesmo — Jahan disse. — Vou revogar sua carteirinha de gay.

Era como se existisse outro placar colorido para gays do qual eu nunca tinha ouvido falar, e eu estava começando do zero.

-5: Não conhece Nina Simone ou Joni Mitchell.

— Sabe, foi por causa da Joni Mitchell que eu me assumi para o meu pai — Jahan contou.

— Hm.

— Não precisa fazer essa cara — ele riu. — Não foi *tão* ruim assim. Eu estava no nono ano e, durante o jantar, meu pai perguntou se eu tinha alguma namoradinha, e eu disse, cem por cento sério: "Pai. Joni Mitchell é a única mulher da minha vida". Ele olhou pra mim, superdecepcionado, balançando a cabeça. Mas ele sabia. Só precisei dizer aquilo.

Eu não conseguia acreditar em como Jahan falava sobre se assumir para o pai de um jeito tão casual. Examinei sua expressão cuidadosamente, mas não encontrei nem um pingo de dor, arrependimento, vergonha ou qualquer um dos sentimentos com os quais eu vinha lidando nos últimos meses. Para Jahan, era apenas outra história, e então ele foi lavar alguns copos na pia do bar.

— Aladdin — eu disse, timidamente.

— Quê?

Parei de olhar meu copo de cerveja e ergui a cabeça.

— Comigo foi o Aladdin.

Jahan colocou um copo limpo no escorredor e sorriu.

— Era de se esperar.

Eu o encarei com admiração enquanto ele puxava outro assunto, dessa vez sobre uma loja de discos em Nápoles que era comandada pela máfia italiana. O jeito como Jahan contava suas histórias, com tanto gosto, me lembrava das histórias que minha mãe e meu pai contavam quando eu era pequeno. Histórias que os pais deles haviam contado para eles. Parecia uma tradição milenar da qual eu achava que nunca poderia fazer parte.

Por volta das quatro da manhã o bar esvaziou, e eu fiquei lá por mais uma hora. Beberiquei a mesma cerveja desde a meia-noite, então Jahan me fez terminar aquele copo e bebemos algumas doses de um licor chique. Licor não. *Liqueur*. Eu nunca havia escutado essa palavra antes. Com certeza eu não saberia soletrar. Jahan quis me ver tentar.

— L-I-C-O...
— Errado! — ele gritou. Mais um gole.
— L-I-C-U... O.
— *Errado!* — ele disse mais uma vez, se divertindo. Outra dose.
— Eu não deveria ter permissão pra continuar bebendo essa coisa se eu não consigo nem soletrar o nome — eu disse, arrastando as palavras.
— Não sou eu quem faz as regras — Jahan disse.
Nós saímos do bar às cinco da manhã. Enquanto observava Jahan passar a chave pela fechadura enferrujada, me dei conta de que se eu estivesse em casa, estaria sozinho no meu quarto, me sentindo – qual é o oposto de bêbado? Sóbrio. Eu estaria tão sóbrio.
Não havia uma alma viva na rua enquanto caminhávamos. Mas o jeito como ela estava iluminada – com uma luz quente, cheia de ondas de laranja e amarelo, convidativa para tudo e todos – fez com que eu me sentisse mais vivo do que nunca. Algo puxava meu peito, como se eu tivesse sido aceito em uma sociedade supersecreta.
Jahan perguntou onde eu estava hospedado e fiquei sóbrio rapidinho, lembrando que meu checkout no Airbnb estava marcado para aquele dia. Contei a localização, esperando que ele me apontasse para a direção correta. Mas acabou que Jahan morava na esquina seguinte. Ele se ofereceu para me acompanhar. Eu sorri. Depois de passar os últimos dias – meses, na verdade – na merda, eu estava feliz pelo universo ter decidido sorrir um pouquinho para mim.
Nós fizemos o caminho mais longo, porque Jahan queria me mostrar a Piazza Santa Maria, o quarteirão principal do bairro de Trastevere. Era enorme, inspiradora e havia alguns

retardatários cantarolando ao redor do chafariz que ficava bem no centro.

— O som desse chafariz sempre me lembra risada de criança — Jahan disse.

E a maneira como disse, com seu olhar passeando até o topo da igreja... não era outra história. Não era para me entreter. Era apenas Jahan sendo Jahan.

Demos uma volta na piazza, retornando para a rua principal que cruzava com a Viale, uma espécie de minirrodovia. Comecei a andar me equilibrando sobre os trilhos do bonde, e Jahan olhou para mim e riu.

— Quantos anos você tem, Amir? — ele perguntou.

— O bastante pra estar sozinho em Roma — eu disse.

— Justo — ele respondeu. — Mas, pra ser sincero, eu achei que você estava em uma viagem de família e saiu escondido à noite. É o que eu faria.

Pulei fora dos trilhos e Jahan tomou meu lugar.

— E o que você está fazendo em Roma? — ele perguntou.

— Escrevendo — eu disse, porque me parecia uma resposta boba como qualquer outra. Pensando bem, porém, eu estava figurativamente reescrevendo mesmo minha vida. Quer dizer, quem não é um escritor no sentido figurado da palavra?

Jahan brigou comigo por ser um escritor que não conhecia Joni Mitchell, o que me tornava uma vergonha para a nossa espécie. Lembrei que ele era um escritor de verdade, um poeta. Neil havia me contado mais cedo.

— Ah, você não pode acreditar em nada que aquele homem diz. Ele é doido — Jahan disse. — Doido de amor. Seu namorado, Francesco, vai pedi-lo em casamento daqui a duas semanas, no seu aniversário de trinta anos — ele piscou para mim e senti que, ao me confiar aquele segredo, ele estava me convidando a ir mais fundo nessa sociedade secreta de estadunidenses em Roma. — Mas se você insiste em me *rotular*, então, sim, sou um poeta — ele completou. — Só que eu procrastino demais, então isso já deve deixar claro quantos poemas eu realmente escrevi.

Ele me deixou na porta do prédio com um aviso intimidador.

— Escute Joni Mitchell. Vou fazer um quiz da próxima vez.

Eu sorri porque, durante a noite inteira, Jahan pareceu não acreditar que eu não conhecia todos aqueles "ícones" dos quais nunca ouvi falar: Joni Mitchell, Nina Simone, Joan Crawford. Era como se eu tivesse dito que não conhecia oxigênio. Sorri o caminho inteiro, até chegar à escada suspensa que levava à minha cama, quando o celular apitou no meu bolso. Alto, assim como eu depois de a sequência de drinques que bebemos no fim da noite. Acho que tinha acabado de se conectar ao wi-fi do apartamento.

Peguei o celular e olhei as notificações: meus pais haviam ligado literalmente doze vezes desde que saí para o bar. Não para o meu número, porque programei para não receber chamadas, mas pelo Skype. FaceTime. Chat do Facebook. Eu nem sabia que dava para ligar pelo chat do Facebook.

Totalmente bêbado, retornei a ligação por força do hábito.

— Mãe? Pai? — eu disse, como se aquela fosse uma ligação normal.

— Amir! Onde você está? — minha mãe estava tendo um ataque cardíaco pelo telefone. — Estamos muito preocupados — ela disse, sua voz afiada como uma faca. — E, independentemente do que estiver acontecendo, precisamos que você nos conte.

Retornei ao estado sóbrio imediatamente.

— Não posso — eu disse. Mas só conseguia fingir que estava sóbrio até certo ponto. — Não posso — gaguejei. — Não posso. Não posso. Não posso...

— Você está nos assustando — meu pai disse. Eu conseguia imaginá-lo do outro lado da linha, abraçando minha mãe. — Primeiro você falta à cerimônia de formatura e agora está nos deixando apavorados. É a faculdade? Você se dedicou tanto no ensino médio, não foi nossa intenção te pressionar desse jeito por causa de todas aquelas rejeições.

O nó na minha garganta se apertou ainda mais.

— Não é isso — eu disse. O nó subiu, fechando minha boca. Apesar da distância, apesar da minha segurança, eu ainda não conseguia pronunciar as palavras.

Mordi os lábios com força. Nada fazia sentido.

Minha família ainda estava na linha.

— Amir, é a pressão? — meu pai perguntou. — Achamos que você voltaria pra casa, como da última vez que você... fugiu desse jeito. Mas não sabemos onde você está. Por favor, você pode conversar com a gente.

Podia mesmo?

Algo mudou em mim naquele momento, e continuei em silêncio.

Em muitos aspectos, eu tenho sorte. Sei disso. Tenho o privilégio de existir em um momento em que está tudo bem ser diferente. Minha geração *abraça* a diversidade. Mas às vezes, quando sinto que minha família não entende, que não *consegue* entender quem eu sou... Eu queria ser diferente de outro jeito.

— Amir... *Joonam, azizam*...

O sistema de pontos só é necessário quando você é diferente da sua família. Ser iraniano e muçulmano é uma coisa – que já vem com seus próprios desafios –, mas ao menos essa é uma batalha que minha mãe, meu pai, Soraya e eu enfrentamos juntos. Lidamos com os mesmos comentários babacas, os mesmos olhares, os mesmos estereótipos. Mas, quando você é gay, sua família não é mais tão diferente quanto você. Eles não compreendem. E, para piorar, talvez te odeiem por causa disso. A família que te viu nascer – as pessoas que deveriam te amar incondicionalmente – podem te odiar.

— Amir — minha mãe gritou. Ela estava ficando ainda mais frustrada. — Chega! Isso é americano demais da sua parte. Essa coisa toda de fugir é americana demais. Vem pra *casa*.

Foi a mesma coisa que meus pais falaram sobre gays, certa vez quando o assunto surgiu durante o jantar: "Isso é coisa de americano. Faz parte da cultura deles. Não da nossa." Lembro de ficar sentado em silêncio enquanto Soraya discutia com eles e de sentir meu coração afundando dentro do peito.

Eu costumava dizer para mim mesmo que, se tivesse nascido em uma família legal, liberal e *americana*, nada disso seria um problema. Eu não precisaria de uma vida dupla. Eu poderia ser eu mesmo.

A chamada ficou silenciosa.

— Tenho que ir — eu disse, encerrando a ligação.

Sala de interrogatório 38

Roya Azadi

Fiquei apavorada depois daquela ligação. Se eu pudesse saber o que Amir estava pensando – se pudesse dizer que ele podia confiar em mim, que poderíamos conversar sobre aquilo... De qualquer forma, lembro que olhei para meu marido de um jeito diferente depois que Amir desligou o telefone. Antes, ele havia me garantido que Amir voltaria para casa, que seria como da última vez que nosso filho havia fugido. Alguma coisa tinha acontecido, ele precisava se afastar por alguns dias. Mas não era mais como da última vez. Ou talvez fosse. Porque a outra vez que Amir fugiu havia sido por causa de um comentário. Meu marido disse – ele disse alguma coisa rude sobre uma mulher trans... transgênero na televisão, e ele e Amir começaram a discutir. Amir rebateu o comentário, saiu de casa furioso e só voltou no dia seguinte.

Na época nós não ligamos para a polícia. E, certamente, não poderíamos ligar desta vez. Nosso filho já tinha dezoito anos. Sabíamos muito bem que não dá para obrigar um garoto de dezoito anos a voltar para casa. E não queríamos que Amir se sentisse mal por ter saído de casa.

Nós contamos para Soraya que tínhamos entramos em contato com Amir. Ela pediu para falar com ele, mas dissemos que ele precisava de espaço. Que estávamos resolvendo. Eu continuava pensando em como aconteceu na outra vez. Da outra vez, Amir voltou para casa por conta própria. Da outra vez, ele não atendeu quando nós ligamos. Da outra vez ele simplesmente voltou no dia seguinte, dizendo salaam, como se tivesse acabado de voltar do mercado, e, antes que meu marido pudesse levantar o tom de voz, eu apertei a mão dele com força e disse salaam de volta para nosso filho. Nunca conversamos sobre aquilo. Era como se Amir nunca tivesse fugido.

Agora eu entendo melhor.

Vinte e oito dias atrás

Eu tinha que fazer o checkout do Airbnb naquele dia. Acordar foi um sacrifício, não apenas porque minha cabeça pesava feito uma bigorna, mas porque as lembranças da ligação com meus pais estavam todas embaralhadas. Eu só sabia que: não tinha dado muito certo, eles ainda não sabiam e eu não voltaria para casa.

Depois de arrumar a mala, fiquei parado do lado de fora, na Via della Gensola, a pequena rua com peitoris feitos de argila, motocicletas estacionadas contra as paredes e sussurros de conversas em italiano flutuando pelas janelas. Qual seria meu próximo passo?

Matei tempo em Roma por algumas horas. Em um café. Em alguns degraus. E então me lembrei: Jahan morava perto. Eu poderia pedir conselhos para ele – perguntar se eu deveria continuar em Roma ou o que eu deveria dizer aos meus pais. Ele parecia saber de tudo e já havia estado na mesma situação que eu, ou pelo menos quase, com seu pai iraniano.

Eu lembrava que o prédio de Jahan ficava de frente para um café que também era uma galeria de arte em Trastevere – "Gosto de observar as obras de arte pela minha janela", ele havia dito na noite anterior. Eu não sabia qual era o apartamento certo, então interfonei para todos. Passei por vários italianos irritados e confusos, mas, por fim, encontrei o apartamento de Jahan. Ele me deixou subir.

Quando abriu a porta, ele estava terminando de abotoar uma camisa de manga curta estampada com vários dinossauros.

— Que surpresa! É o americano — ele exclamou. — Estou me arrumando pra um jantar na casa do meu amigo Giovanni. Quer vir?

—Ah, não — respondi afobado. — Não quero incomodar.

— Não vem com *taarof* pra cima de mim, Amir. Estou te convidando. Aceite.

Foi impossível não sorrir. *Taarof* – a tradição iraniana de fingir recusar alguma coisa por educação. Ah, não é todo dia que se recebe um convite para um jantar italiano. Eu poderia encontrar um lugar para ficar depois. Aceitei o convite de Jahan, ele disse para deixar minha mala em um canto do apartamento, ao lado de uma pilha de livros de poesia – ele não fez nenhuma pergunta –, e saímos.

O apartamento era gigantesco. Ocupava três andares de um prédio em Monti, um bairro perto do Coliseu. Era como entrar em um museu, com estátuas de mármore e antiguidades espalhadas por todo o canto e uma pintura de três metros e meio pendurada perto da mesa de jantar. O lugar pertencia a Giovanni Marcello di Napoli, que atendeu a porta e deu dois beijinhos na bochecha de Jahan. Giovanni vestia uma camisa preta, jeans justos e um cinto com a letra G. Acho que o cara gostava bastante do próprio nome. Ele nos guiou por um cômodo ornamentado até um grupo de homens, todos fortes, vestidos com regatas ou camisetas bem justas.

O jantar só seria servido em uma hora, então passeamos pelo salão. Todos pareciam ter vinte e poucos anos, como Jahan, talvez um pouco mais que trinta. Jahan me apresentou aos seus amigos, e me senti diferente de todo mundo ali. Não era só a diferença de idade. Um deles usava brincos de argola. Outro tinha sobrancelhas arqueadas impecáveis e falava com a língua presa. Eu achava que, quando estivesse entre pessoas iguais a mim, o encaixe seria como um sapato do meu número, mas, em vez disso, me senti usando salto alto pela primeira vez.

-15: Talvez não consiga me entrosar com outros gays.

— Ciao, Giovanni! — ouvi alguém gritar do cômodo ao lado.

Reconheci aquela voz, mesmo que antes eu só a tivesse escutado falando em inglês. O jeito como aquele ser humano perfeito invadia a minha mente parecia uma avalanche. O cabelo castanho bagunçado. O rosto perfeitamente simétrico. Os braços musculosos-mas-não-muito e os pelos do peito à mostra por baixo da sua regata larga.

Eu estava parado ao lado da pintura enorme – um Caravaggio, Jahan havia me dito – quando Neil entrou no salão e, conforme se aproximava, estufei o peito e esbarrei na moldura dourada.

— Eu me lembro de você! — ele disse, apontando para mim. Eu juro que morri bem ali. Possivelmente derreti e me misturei à pintura. — Você é o garoto da livraria — Neil continuou e, desta vez, consegui sorrir.

Estávamos amontoados no canto da sala de jantar, longe de todo mundo. Jahan, Neil, Giovanni, eu e a moça nua da pintura, com os braços para o alto como quem diz *tá-dááá*.

— Então, o Jahan me disse que você é escritor — Giovanni falou, sem tirar os olhos de Jahan e Neil. Sua voz era uma mistura de italiano com inglês da alta sociedade britânica, e se eu tivesse que descrever seu estilo, seria regata-monóculos-chique. — Você escreve livros?

— Não, não — Jahan disse. — Ele é novo demais pra ser um romancista.

— Bom, nós nos conhecemos numa livraria — Neil comentou em meu favor.

— Pra onde você escreve? — Giovanni perguntou rapidamente.

Os três trocavam olhares entre si, como se já tivessem discutido minha longa carreira de escritor e preparado uma tese sobre ela. Até a mulher nua de Caravaggio parecia desconfiada.

Estava prestes a responder quando Jahan me interrompeu.

— Sabemos quem você é, Amir.

Congelei. Então Jahan olhou para os outros caras, batendo com a mão no peito e caindo na gargalhada.

— Ai, isso soou bem mais dramático do que eu imaginei. O que eu quis dizer é que sabemos que você não é escritor.

— O quê? — respondi.

Jahan me olhou de soslaio.

— Ah, sem essa. Você está escondendo alguma coisa. Tipo, você tem dezoito anos e está sozinho em Roma pra "escrever". Por favor, né? Ou você é o príncipe nigeriano dos "escritores", está tentando dar uma de *O talentoso Ripley*, ou está tramando alguma coisa. Você não me engana.

Agora, diz para a gente. Somos seus amigos. O que te trouxe pra Roma de verdade?

Olhei ao meu redor, observando freneticamente as estátuas antigas e navios em miniatura espalhados pela sala. Era um mistério que aquele lugar não tivesse ar-condicionado. Minhas axilas estavam ensopadas e a palma das minhas mãos estava grudenta. Eu estava queimando e me sentindo exposto. Não queria mais participar da conversa, queria ir embora. Mas também queria saber quem era esse tal de "talentoso" Ripley e se aquilo era um elogio. Mais uma referência que eu não conhecia. Eba!

Mas uma frase mágica me atingiu como tinta acertando uma tela em branco: *Somos seus amigos,* Jahan havia dito, como um fato simples e direto. Era assim que funcionava com os gays? Será que sentir atração por outros homens era, de certa forma, o bastante para dar início a uma amizade? A uma experiência compartilhada que nos uniria instantaneamente para todo o sempre? Naquele momento, pareceu que sim. Parecia que aquelas pessoas haviam me aceitado no grupo por nenhuma outra razão que não fosse essa. E, nesse caso, era totalmente possível que eles entendessem o motivo de eu ter mentido. Jahan, Neil e Giovanni – eles entenderiam o porquê de eu ter vindo para Roma.

Decidi contar a verdade.

— Era pra eu ter me formado no ensino médio esta semana — contei. — Mas, em vez disso, acabei fugindo de casa porque... — Eles formaram um círculo ao meu redor, se aproximando como se estivessem prestes a ouvir um segredo. — Porque... — Fiquei nervoso.

Minha mente listou todas as merdas que eu teria que explicar: Jackson. A chantagem. Meus pais. Teria que explicar meu sistema de pontos, a tabela, a cultura. E, de repente, me peguei pensando que talvez esses gays maduros poderiam não entender minha situação – poderiam me julgar por não ter coragem de pronunciar as palavras. De me assumir para meus pais como eles fizeram.

Então mudei os planos.

— Meus pais me expulsaram de casa porque sou gay.

Sala de interrogatório 37

Amir

Reparei que você não consegue parar de encarar o corte no meu rosto. É recente, de ontem de manhã, depois que minha família me encontrou nas montanhas com o Neil. Rolou meio que uma briga, como você já deve imaginar. Foi meio violento. Mas já vou chegar nessa parte.

Foi a última vez que vi o Neil. Ontem. Eu vi Jahan três dias atrás. E vi Giovanni sete dias atrás.

O negócio é o seguinte: eu poderia ter contado a verdade pra eles. Poderia ter dito o verdadeiro motivo que me levou a Roma quando eles se amontoaram ao meu redor, assim como estou contando pra você. Mas, se eu contasse a verdade, teria que assumir pra mim mesmo que eu havia abandonado minha família. Que eu não era corajoso, e sim um covarde. Independentemente de quantas vezes eu repetisse pra mim mesmo que não era minha culpa, que Jake havia me chantageado, que a soma dos pontos no meu placar não daria certo – eu ainda me sentia um filho horrível.

E é disso que tenho vergonha, senhor. Mais do que você pode imaginar. Mas, agora, o que mais me envergonha é a forma como tudo explodiu no fim.

Sala de interrogatório 38

Soraya

Se eu quero alguma coisa pra comer? É muita gentileza sua, senhora – quer dizer, policial. Eu estava mesmo começando a ficar com fome. Quais são as opções? Sorvete, com certeza. Vou querer uma bomba de chocolate ou um sanduíche de sorvete, se você tiver qualquer um desses dois. Por favor, não dê ouvidos à minha mãe; vou querer o sorvete, sim. Obrigada. Está uma delícia.

Inclusive, isso me lembra nosso último verão – o último em Bethesda –, quando o Amir me deixou muito irritada. Tinha um carro vendendo sorvete, uma dessas vans grandes e brancas, com fotos de vários tipos de sorvete na lateral, que passava pelo nosso bairro todas as manhãs durante o verão. A gente sabia que a van estava chegando porque dava pra ouvir a musiquinha de dentro de casa, e a vizinhança inteira saía correndo. Amir e eu fazíamos isso desde que éramos crianças. Sempre me surpreendia que, mesmo que Amir estivesse ficando mais velho, ele nunca achava aquilo bobo ou infantil. Pra mim era ótimo.

Então teve uma vez, quando o verão estava quase acabando, que o motorista da van foi embora sem dar meu troco. Eu tinha entregado cinco dólares pra ele e precisava de três dólares e vinte e cinco centavos de volta. Pedi para o Amir correr atrás dele – ele era muito mais rápido, e eu tinha machucado o tornozelo na piscina –, mas ele não foi. Ele disse: "Deixa pra lá, não vale a pena. Eu te dou esse dinheiro". Mas um dos garotos da vizinhança, Junior, acabou correndo atrás do carro. Ele foi muito rápido, batendo na lateral da van, e o motorista parou e entregou meu troco pra ele. Eu fiquei com tanta raiva do Amir. Não fazia sentido. Geralmente eu gostava de como ele era diferente do Junior, que estava sempre batendo nos outros ou falando sobre como batia nos outros. Garotos fazem muitas coisas estúpidas só pra provar sua masculinidade. Mas, naquele momento, eu queria que meu irmão tivesse tomado minhas dores e lutado. Só que ele não estava a fim de lutar.

Amir não gosta de conflito. Eu sempre fui a briguenta da família; acho que é por isso que meus pais sempre gostaram mais do Amir. Não faz essa cara, mãe, ele sempre foi seu favorito. Ele era o garoto educado e comportado. Eu era a filha teimosa. E era por isso que eu estava tão determinada a encontrá-lo.

Você deve saber uma coisa ou outra sobre investigações. Seu trabalho é procurar pistas e encontrar respostas, não é? Essa foi a missão que determinei pra mim mesma depois que o Amir desapareceu, então, antes de sair por aí entrevistando as pessoas que conheciam ele, eu tinha que procurar por pistas dentro da nossa própria casa. Isso significava investigar o quarto dele.

Amir limpou o quarto antes de ir embora. Fez a cama. Não tinha nem um par de meias sujas no cesto. Era como se, durante todo o tempo que viveu com a gente, ele havia sido só uma visita, e não o chato do meu irmão mais velho que deixava as cuecas acumuladas em quatro pilhas diferentes, uma em cada canto da cama. Meus pais e eu acabamos bagunçando um pouco o quarto naquele primeiro dia... Mas depois ninguém nunca mais entrou lá.

Eu voltei lá numa tarde em que meu pai estava trabalhando e minha mãe tinha ido ao atacadão. Sim, mãe, você continuou indo ao atacadão mesmo com o Amir desaparecido. Sem essa, isso não te torna uma mãe ruim. A vida tinha que continuar. Você ainda precisava comprar arroz basmati em quantidades absurdas.

Enfim, naquela tarde eu me tornei basicamente uma detetive. Entrei sorrateiramente no quarto do Amir, tomando cuidado pra não deixar nenhum rastro, e vasculhei tudo.

Procurei pela escrivaninha, embaixo da cama. Revirei cada uma das gavetas cheias de papelada das universidades e carregadores de celular. Guardei tudo o que parecia ser uma pista. Encontrei um ingresso de cinema para Jumanji, o que era estranho, porque Amir e eu assistimos àquele filme no fim de semana de estreia, e aquele ingresso tinha outra data. E mais, era de um cinema em outra cidade.

Peguei um banquinho pra poder investigar a prateleira mais alta do armário. Encontrei um monte de cadernos e livros da escola. Folheei com calma cada um deles. Em um dos cadernos, Amir havia escrito vários itens em uma lista de afazeres. Algumas coisas tipo "cortar o cabelo" ou "citações da Wikipédia" não serviam pra nada, mas itens como "capelo e beca" significavam que ele não planejava faltar `a formatura, certo? Foi então que reparei em um número de telefone anotado no canto de uma página.

Liguei para o número. Tocou algumas vezes até que uma voz automática atendeu.

"Obrigado por ligar para a Trevor Lifeline. Se isto for uma emergência..."

Tocou de novo e uma pessoa atendeu.

"Trevor Lifeline, aqui é o Clark. Como você está?" Fiquei confusa, então não disse nada. "Alô, você ainda está aí?" Aquele tal de Clark parecia preocupado. "Sei que fazer essa ligação pode parecer assustador, e acho que você teve muita coragem..." Desliguei o telefone. Eu não conhecia a Trevor Lifeline, mas já sabia que era pra pessoas que estavam pensando em tirar a própria vida.

Tentei imaginar um mundo onde meu irmão tivesse partido — partido de verdade — e o quarto dele começou a parecer pequeno e apertado ao meu redor. Eu mal conseguia respirar. Peguei meu celular e pesquisei Trevor Lifeline no Google e descobri que era uma linha de atendimento pra jovens LGBTQ com pensamentos suicidas. Quando li aquelas palavras, tive que me sentar na cama do Amir.

Meu irmão era gay?

Você pode ver que minha mãe abaixou a cabeça. E, desta vez, vou ter que defendê-la. Porque ela não está com o tipo de vergonha que você está imaginando. Eu meio que abaixei a cabeça desse jeito também. Porque eu estava triste... quase decepcionada. Não envergonhada pela possibilidade do meu irmão ser gay, mas em saber que ele estava sofrendo e eu nunca sequer tinha reparado.

Vinte e oito dias atrás

Quando terminei de contar minha mentira, Neil repousou a mão no meu ombro. Ele fez um grande discurso sobre como ele e seus amigos eram minha "família escolhida" agora, e, enquanto Jahan e Giovanni concordavam, minha mente fez uma virada dramática e tudo em que eu conseguia pensar era: *O livreiro gostoso está com a mão no meu ombro. Isso está realmente acontecendo. Tem literalmente um irmão Hemsworth na minha frente, e sua mão forte está segurando meu ombro em um gesto de simpatia.*

O verdadeiro significado das palavras gentis de Neil escorriam pelo meu cérebro como espaguete. Lembro de me sentir extremamente desconfortável. Não só por causa da mão dele, mas pela inquestionável energia italiana no ambiente, pelo fato de que eu tinha acabado de mentir para meus novos amigos e pela culpa fervendo por baixo da mentira, a culpa pela maneira como meus hormônios rapidamente haviam superado a outra culpa... Era muita coisa para processar. Havia um alarme soando dentro de mim, e eu precisava sair dali.

Precisava tomar um ar. Então me retirei do círculo. Eu ia buscar um copo de água. Ou uma taça de vinho. Quem sabe até mesmo ir embora. Mas, com as mãos suadas e os olhos vidrados no chão, esbarrei em um dos amigos de Giovanni, que estava carregando almôndegas. Uma bandeja. Gigantesca. De almôndegas.

Almôndegas voaram por toda parte. Era como se o Vesúvio tivesse entrado em erupção.

— *Cazzo!* — o amigo de Giovanni gritou com raiva.

— *Eccolo* — Jahan berrou.

Dava para sentir a lava vermelha e o magma quente acabando com todo o meu plano brilhante de fuga. Por sorte, nenhuma obra de arte foi atingida – respingando apenas na minha camisa e na dele – mas, ainda assim. Eu me senti humilhado.

Uma multidão se formou ao meu redor enquanto eu me embolava com uma série de desculpas. Giovanni disse que eu não precisava me desculpar e me levou até seu quarto – que era imenso, por sinal, totalmente insano –, onde tomei um banho rápido e vesti uma das camisas dele. Era azul e com botões, feita com os mais macios fios italianos. Ele me observou de perto enquanto eu me trocava. Perguntei se ele não tinha alguma camisa menos cara, que parecesse menos com nuvens e mais com algodão, e ele simplesmente estalou a língua.

— Pode ficar com ela — ele disse. — As nuvens são suas.

Obviamente, não serviram almôndegas no jantar, mas, tirando isso, comemos de tudo. No meu prato, coloquei macarrão ao pesto com pistache, rodelas suculentas de tomate com muçarela e um frango grelhado na manteiga que, sem sombra de dúvida, não era um prato italiano, mas mesmo assim foi o frango mais saboroso que eu já havia comido na vida... provavelmente porque eu o estava comendo na Itália. Algumas pessoas foram comer nas poltronas chiques de Giovanni que ficavam na sala. Eu puxei uma cadeira no escritório, onde Jahan e Neil estavam. Me parecia mais seguro comer perto de um iMac do que em um sofá antigo.

Água parecia não ser uma opção nessa festa, então me servi uma taça de vinho tinto. Era seco, e não doce como eu esperava, mas desceu bem o bastante.

Depois do jantar, voltamos para a sala de estar, onde Giovanni entretia os outros convidados. Seu rosto se iluminou quando me viu.

— Cavalheiros — ele disse, e era como se um palanque tivesse surgido embaixo dele. — Já conheceram nosso novo amigo Amir?

Os outros trocaram sorrisos silenciosos.

— Já conheci todo mundo — eu disse a Giovanni.

— Ah, mas eles precisam te conhecer novamente. Amir é um escritor. Ele está reescrevendo a própria vida. O acidente com as almôndegas foi apenas um *plot twist*.

Giovanni me puxou para debaixo dos seus braços. Eu tinha a estranha sensação de que ele se sentia mal por mim e já havia contado aos outros caras sobre como acabei indo parar em Roma. Parecia que Giovanni estava se esforçando para compensar meu passado difícil ao me mostrar como eu tinha me dado bem por estar naquela festa.

Todos eram fascinantes, isso eu preciso admitir. Conheci médicos e pintores; um cantor com a cabeça raspada que havia acabado de vencer uma competição de talentos na Itália; um homem grego com uma risada estridente; e o namorado de Giovanni, Rocco, um artista de macarrão. Sem brincadeira. Ele literalmente faz obras de arte usando pedaços de macarrão.

De repente, eu estava feliz por estar lá. Me senti privilegiado. O denominador comum daquela festa não era o fato de todo mundo ser gay, ou italiano, ou amigo do Giovanni. Eles eram simplesmente um grupo de pessoas divertidas e interessantes.

+15: Se entrosar com outros gays.

Mas, no geral, o denominador comum era Jahan. Se aqueles caras eram o arco-íris, Jahan era o sol, a fonte de luz e o centro daquele universo. Eu observava como ele passeava pela multidão com tanta graça. Ele controlava o ambiente; o poder estava sempre em suas mãos, fosse em uma conversa animada ou nos movimentos mais sutis, no jeito como ele andava ou como se servia. Ele nunca hesitava.

Jahan usou seu poder para colocar clipes no YouTube para tocar no iMac na frente da pintura de Caravaggio e ao lado de um busto de Júlio César. O jantar e as conversas aos poucos se transformaram em uma festa dançante e cheia de energia.

Era uma noite quente, que ficou ainda mais quente porque estávamos pulando para cima e para baixo em um apartamento antigo sem ar-condicionado.

Jahan e outros caras se revezavam, colocando um videoclipe dos anos oitenta atrás do outro. Alguns em italiano, outros em inglês, mas todos completamente desconhecidos para mim.

— Quem é essa? — perguntei, quando uma mulher com um bronzeado artificial e um collant prateado apareceu na tela.

— Essa é a *Mina*! — Neil gritou para mim, já bêbado o bastante. Ele se aproximou do meu rosto e, mesmo com o hálito cheirando a álcool, fiquei um pouco excitado. — Ela é uma das divas mais importantes da cultura pop italiana. Era tipo a Ariana Grande dos anos sessenta e setenta.

— Isso é uma ofensa contra a Mina — Jahan disse.

— Isso é uma ofensa contra a Ariana Grande — um dos outros caras rebateu.

E foi assim por algumas horas – quando alguma diva ou algum ícone *queer* aparecia na tela, eu perguntava quem era e alguém diferente gritava comigo por não conhecer, antes de me educar. *"Jovens!" "Jovens!" "De novo não!" "*ALGUÉM PRECISA SUSPENDER A CARTEIRINHA GAY DELE*!"* Eu não achava justo; aquelas pessoas haviam crescido na Itália ou, no caso de Neil, no bairro de Castro, em São Francisco, onde viveram cercados por várias divas. Eu não havia sido propriamente educado em matéria de divas.

Resolver isso se tornou a missão daqueles garotos.

Neil, Jahan e eu saímos um pouco quando *Let's Have a Kiki* dos Scissor Sisters começou a tocar nos alto-falantes.

— Amir, essa você conhece? — Jahan perguntou.

— *Let's Have a Kiki* dos Scissor Sisters — respondi.

Jahan ergueu o queixo.

— Uau, impressionante.

— Estava escrito na tela do computador... — confessei.

Neil e Jahan trocaram um olhar, reviraram os olhos e começaram a rir.

Caía uma chuva leve, e nos amontoamos debaixo da marquise na entrada do prédio de Giovanni. Neil apoiou seu cotovelo no batente de madeira da porta. Ele passou os dedos pelos seus cabelos suados e oleosos. A luz que vinha de cima o iluminava como se ele fosse uma atração de um museu. Naquele momento, ele era basicamente a estátua de Davi.

Jahan pegou um isqueiro e tentou pelo menos doze vezes antes de conseguir acender uma chama. Ele acendeu um cigarro e olhou para mim como se me avaliasse.

— Você vai precisar aprender mais algumas coisas se quiser mesmo ficar aqui — Jahan disse.

Aquilo deveria ter me assustado mais do que de fato assustou – o conceito de permanência, uma nova vida em Roma –, mas eu estava bêbado. Soltei uma risada boba.

— Acho que eu deveria aprender italiano primeiro — eu disse. — Antes de me tornar um especialista em divas.

Jahan zombou.

— Bobagem — ele disse. E então apontou seu olhar para Neil. — Mas, se você quer mesmo aprender italiano, o Neil pode te ajudar. Ele é professor, sabe.

Neil e eu rebatemos.

— Acho que o Amir talvez prefira ser ensinado por um italiano de verdade...

— Sim, não. Quer dizer, não é bem isso. É só que...

— Vou ver com Francesco se ele tem algum amigo que possa te ensinar — Neil disse. — Talvez a gente consiga até achar um professor italiano gostosão.

— Francesco?

— O *amore* dele — Jahan disse.

— Meu parceiro — Neil esclareceu. — *Amore* significa amor.

— *Amore* — eu disse, analisando a palavra e associando a Neil e seu *parceiro*. Lembrei da noite anterior, quando Jahan me disse que Francesco estava planejando um pedido de casamento para o aniversário de Neil. — *Amore* — repeti, com uma risada desta vez.

— Viu só? Você já está ensinando italiano pra ele — Jahan brincou. — Então está combinado. Neil vai te ensinar italiano e eu vou te ensinar sobre divas. E que comecem suas aulas na *l'università degli omosessuali italiani*.

Eu mal conseguia olhar para Neil. A ideia de estudar italiano com alguém atraente daquele jeito parecia demais para mim. Eu não conseguiria aprender nada; passaria todas as aulas tentando não encarar o rosto dele. Se Jahan era o sol, Neil era um eclipse solar; eu tinha medo de olhar diretamente para ele e acabar ficando cego.

De qualquer forma, Neil apenas deu de ombros.

— Então, Jahan, que tal você se matricular nessa universidade também em vez de abandonar a gente e ir para os Estados Unidos?

— Você vai para os Estados Unidos? — perguntei.

Jahan revirou os olhos.

— Daqui a um mês, é o que parece.

— Tipo, pra visitar? — perguntei.

— Não, pra ficar — Neil disse, franzindo a testa.

Franzi a testa também, imediatamente apavorado. Fiquei triste. Mais que isso, eu estava confuso comigo mesmo, com como eu era capaz de sofrer pela perda de algo que ainda não havia perdido. Já havia me sentido daquele jeito antes, por causa do meu término repentino com Jackson.

Jahan deve ter notado, porque tentou me tranquilizar.

— Ah, não precisa ficar assim, Amir. As probabilidades são bem pequenas. Tudo depende do resultado do meu teste on-line de álgebra. Eu nunca me formei na faculdade, mas ainda assim fui aceito em um mestrado de poesia, e *por algum motivo* preciso estudar matemática básica pra me matricular. Não faz o menor sentido.

Voltamos para o apartamento, e eu me enturmei rapidamente na festa. No começo tudo me pareceu agressivo demais: a agressividade daquelas regatas e bíceps musculosos, a agressividade de quando eu dei de cara com a bandeja de almôndegas e fiz uma bagunça. Qual foi o momento exato em que eu simplesmente voltei a respirar? Acho que antes da dança começar, quando Giovanni estava me exibindo. Um dos italianos me ensinou uma frase: *"Che cazzo dici?"*, que basicamente significa "Que porra você está dizendo?", e foi assim que eu aceitei o absurdo da situação, o "que porra é essa?" de estar cercado por gays mais velhos, e me senti à vontade. Acho que foi ali que a festa parou de parecer agressiva.

Giovanni subiu em uma poltrona velha e barulhenta e anunciou que iríamos para um bar em Testaccio, outro bairro de Roma. Já eram quase três da manhã; eu não conseguia acreditar que aquelas pessoas ainda tinham energia para sair. Mas Giovanni reuniu os grupos e saímos do apartamento, passeando pelas ruas de Roma rumo ao nosso próximo destino.

A caminhada era longa – atravessamos a ponte até Trastevere, e nosso grupo era tão barulhento e sem noção que metade das pessoas que passavam por nós nos evitavam como se fôssemos a praga, enquanto a outra metade nos cumprimentava e participava da zoeira. As ruas de Trastevere estavam lotadas e cheias de vida como sempre, mas passamos reto por cada bar e cada tentação. Por fim, chegamos a outra ponte, que levava a Testaccio. Nela, um grupo de garotos italianos – eles pareciam adolescentes, talvez até mais novos do que eu – nos viu passando. Eles gritaram algumas palavras em italiano para Jahan com vozes bêbadas, antes de gargalharem com crueldade. Eu não precisava entender o que estavam dizendo para saber o que havia acabado de acontecer. Fiquei chocado. Mas Jahan simplesmente sorriu. Ele balançou os brincos de pérolas que havia colocado na casa de Giovanni. E, quando viu minha expressão, disse:

— O curioso desses babacas intolerantes é que eles sempre fazem de tudo para reconhecer minha existência fabulosa, ao passo que eu mal percebo a deles.

Viu só? Jahan sempre tinha poder.

Já eu? Me senti fraco a vida inteira. Aquilo era novidade para mim. Autoconfiança. Poder. Chame do que quiser. Só que, em vez de me sentir inspirado pelas palavras de Jahan, por saber que eu poderia ser como ele um dia, senti um aperto no peito.

A ameaça de Jake voltou com tudo – *Você não vai querer que a gente espalhe seu segredinho de bicha pela cidade inteira, não é?* Fiquei quieto pelo restante do caminho até Testaccio, enquanto a ansiedade queimava minha pele; eu conseguia senti-la por baixo da camisa, como uma coceira ardente, e achava que, se os outros caras olhassem para mim, eles seriam capazes de ver também. Será que Jahan perceberia que eu estava escondendo aquele grande segredo? Que estava adiando uma grande decisão? Será que ele conseguia notar que eu não estava totalmente confortável, que minha mente estava me atormentando, que eu não estava nem lá nem cá?

Talvez tudo que eles pudessem notar era que eu havia tomado quatro taças de vinho. Eu estava bêbado. Ficar bêbado pode ser uma coisa ótima ou uma coisa terrível. Pode te ajudar a mascarar suas emoções ou trazer à tona a porra toda. Pode te ajudar a fazer amigos ou a perdê-los.

Chegamos ao Rigatteria, o bar que o parceiro de Neil havia recém-inaugurado. Eu meio que havia presumido que seria um bar gay, mas o lugar onde estávamos era literalmente o oposto de um bar gay. Era um antiquário. Havia pelo menos uns quinze lustres peculiares. Um painel de madeira. Poltronas e sofás que não combinavam, e estava quieto e vazio como qualquer antiquário. Neil me explicou que, em italiano, *"rigatteria"* significava "loja de quinquilharia".

Quando subimos para o terraço, porém, o clima era completamente outro, diferente como o jeito que seu cérebro fica antes e depois de beber café. O andar de baixo era descafeinado; o terraço tinha a energia de um *espresso* triplo. Garotas e garotos italianos lindos, com maxilares definidos e camisas justas estavam dançando, e nos juntamos a eles. Havia luzes amarelas, laranjas... tantas luzes. Parecia que estávamos no centro do universo. Se o Rigatteria era uma loja de quinquilharia, o terraço era o seu tesouro escondido.

Às quatro da manhã, Jahan abriu um espacate na pista de dança e rasgou a calça. A festa estava mais viva do que nunca.

Às quatro e meia, Neil e seu parceiro se beijaram. Para ser sincero, senti ciúmes. Quando Neil se aproximou para me apresentar ao Francesco, senti meu corpo tenso e minha boca seca. Foi uma apresentação breve, já que Francesco realmente não falava nada de inglês.

— Acho que preciso *mesmo* te ensinar italiano — Neil riu.

Ele deu um tapinha nas minhas costas, e acho que Francesco percebeu minhas bochechas ficando vermelhas.

Olhei em volta para o terraço reluzente e me perguntei quando aquilo tudo ia terminar. Ah, sim, minha fuga para a Itália também. Mas, principalmente, a festa. Eu não estava acostumado a sair de casa e ficar fora até tão tarde. Pensando bem, eu não estava acostumado a sair no geral (inclusive do armário).

Às cinco da manhã, todos continuavam firmes e fortes, mas nosso grupo resolveu ir embora. Fomos até o Garbo, o bar onde conheci Jahan, para uma "saideira" – que descobri ser a última bebida antes de encerrar a noite, e não uma roupa de sair. (O vocabulário do universo das bebidas é realmente extraordinário). Neil ficou para ajudar a limpar o espaço com seu namorado – perdão, parceiro: ele disse que preferia esse termo porque parecia mais sério e dava um ar maior de *compromisso*. No Garbo, todos se reuniram em volta das mesas redondas agrupadas, bebendo suas saideiras e contando histórias insanas.

Jahan voltou do balcão do bar com uma garrafa de champanhe.

— Um brinde — ele disse. — A muitas coisas. Ao novo bar do Neil e do Francesco. E ao nosso novo amigo, Amir.

Ele segurou a garrafa embaixo do braço enquanto puxava a rolha e, quando escutei aquele *pop* inconfundível, percebi que estava completamente extasiado com aquelas pessoas. Enquanto Jahan enchia as taças com aquela delícia borbulhante e dourada, me senti extremamente sortudo. Eu poderia estar sozinho. Poderia estar em casa lidando com uma saída do armário do pior tipo. Em vez disso, eu estava com esses homens, nessa sociedade secreta de italianos e estadunidenses livres para serem eles mesmos. Fiquei feliz como não me sentia havia muito tempo.

Quase todo mundo estava aproveitando o brinde de Jahan, exceto por Rocco, o namorado de Giovanni. Ele se recusava a sentar. Andava pelo bar beliscando os mamilos de estranhos sem vergonha alguma. (Só para deixar claro, essa ainda *não é* a história do mamilo). Giovanni parecia irritado, mas estava se esforçando para não intervir. Ele e Jahan estavam conversando. Rocco também me mostrou fotos das suas obras de arte com macarrão, e eu fingi estar impressionado. Não era nada muito complexo, pareciam peças de Lego.

Saímos do bar às seis da manhã. Giovanni pediu um táxi e foi para casa. Em vez de ir embora com o namorado, como presumi, Rocco continuou andando comigo e com Jahan.

Enquanto cruzávamos a Viale em direção ao outro lado de Trastevere, Rocco passou o braço em volta da minha cintura.

— Hm... — Meu corpo enrijeceu. O único homem que já havia me tocado daquele jeito era o Jackson.

— O que você quer? — Rocco perguntou.

— Dormir, eu acho?

— Tem certeza? — ele sussurrou.

Eu não tinha certeza de nada. Achei que Rocco namorava Giovanni. Ele continuava com o braço na minha cintura enquanto caminhávamos; eu estava desconfortável, mas não queria presumir que ele estava dando em cima de mim. Eu já sabia que italianos se cumprimentavam com dois beijos na bochecha; vai ver colocar o braço em volta da cintura de alguém era a forma como desejavam boa noite.

Quando chegamos no prédio de Jahan, ele pigarreou e perguntou o que eu ia fazer, me lançando um olhar de *não faz isso*, e percebi, enquanto Rocco me puxava para mais perto, que ele realmente achava que a gente ia se pegar.

Me soltei da pegada insistente de Rocco.

— Vou ficar com você, Jahan! Se não tiver problema — eu disse.

Jahan abriu um sorriso aliviado. Demos boa noite para Rocco, que não pareceu muito feliz com a forma como a noite terminou.

— Desculpa por isso — Jahan disse enquanto subíamos os degraus desnivelados do seu prédio. — Às vezes o Rocco fica meio...

— Agressivo?

— Bêbado.

— Sim. Nada legal.

Com calma, Jahan forçou um pouco a porta do apartamento até que ela abrisse.

Enquanto escovávamos os dentes lado a lado no banheiro, Jahan sorriu para mim pelo espelho.

— Espero que meus amigos não tenham te deixado *completamente* assustado essa noite — ele disse. Um pouco de pasta de dente escorreu pela sua bochecha.

— Você está brincando? — perguntei. — Eu me diverti muito!

— Claro que se divertiu. Hoje foi basicamente um filme do Fellini. Sabe, já faz anos que eu tento convencer todos aqueles caras a recriarmos a cena da orgia de *A doce vida*. Alguns preferem chamar de festa, mas, você sabe, não é à toa que aquele é o *clímax* do filme... — Jahan olhou para mim como se eu tivesse a obrigação de entender a referência. — Você só pode estar brincando. Nem mesmo *A doce vida*? Ai, Amir. Vamos ter que dar um jeito nisso. Bom, eu não sei quais são os seus planos pra amanhã ou para o restante da sua estadia aqui...

— Na verdade, eu não tenho plano nenhum.

— ... mas você pode ficar no meu apartamento o quanto precisar.

— Não, não — respondi, fazendo gargarejo com água. — Não posso.

Jahan cuspiu na pia.

— Nunca te falaram pra não fazer *taroof* com a boca cheia, Amir *joon*? — Ele me passou uma toalha de rosto. — Eu insisto.

— É muita gentileza da sua parte, mas eu acabaria com a sua...

— *Nah, baba* — ele disse, balançando a mão na minha cara. — Você é mais do que bem-vindo aqui. Eu ficaria muito feliz em te hospedar. Extasiado. Deslumbrado! — Ele abriu um sorriso brincalhão. — Gostou da minha hospitalidade persa?

Não sei por que, mas toda vez que Jahan usava uma palavra em persa ou mencionava ser persa, eu dava uma cambalhota por dentro. Ele não mantinha suas duas metades separadas. Ele era iraniano. E gay. Tudo ao mesmo tempo. Eu nunca havia conhecido alguém como Jahan, alguém com duas vidas assim como eu, mas que abraçava os dois lados – todos os lados – de si mesmo.

Sala de interrogatório 38

Soraya

O irmão da minha amiga Madison estuda na mesma escola que o Amir, e ela me disse que ele e os amigos sempre se encontravam na praça de alimentação do shopping. Então eu fui até lá. Mas só alguns dias depois da minha descoberta, porque meus ensaios duravam o dia inteiro. Estávamos aprendendo a coreografia de "Jellicle Songs for Jellicle Cats". Eu estava exausta durante aqueles dias. Talvez porque ainda estava processando o que eu havia descoberto sobre o Amir.

Enfim, consegui ir até o shopping. A praça de alimentação era triste. Não sei outro jeito de dizer isso. Se aquilo era onde os alunos do ensino médio se reuniam, eu preferiria continuar no fundamental. A iluminação era horrível, e todas as mesas brancas ficavam amontoadas. Era básico como um frappuccino da Starbucks.

Os alunos do último ano estavam todos amontoados nos fundos. Eu estava nervosa, mas conversei com alguns deles. A maioria não conhecia o Amir, até que uma garota me olhou de um jeito engraçado e disse que eu deveria conversar com um garoto chamado Jake.

Eu perguntei pra ele: "Você conhece o meu irmão? Amir". Ele me encarou com os olhos brilhando. Seu cabelo era insuportavelmente bagunçado. Ele me olhava como se soubesse quem eu era. "Você deveria conversar com o Jackson Preacher", ele sussurrou.

Quando fui embora, tive a impressão de que ele ficou me observando.

Vinte e sete dias atrás

A TV estava ligada no último volume quando acordei no sofá de Jahan. Parecia um daqueles *reality shows* de competição da MTV, *"... e um grande prêmio de cem mil dólares! Com participação especial de..."*.

— *Buongiorno*, dorminhoco — Jahan disse. Ele pulou por cima do encosto do sofá e sentou em cima dos meus joelhos.

— Ai! — Sacudi meus pés para me livrar do peso de Jahan. — Que horas são?

— Duas da tarde — uma voz com sotaque italiano respondeu.

— O que? Argh — gemi. Lentamente, esfreguei os olhos e olhei para a sala à minha volta. Havia alguém sentado na poltrona. Uma garota. Colega de apartamento de Jahan, talvez? Não me lembrava se Jahan dividia a casa com mais alguém.

— *Buongiorno* — eu disse a ela.

Ela e Jahan continuavam com os olhos grudados na TV.

— O que é isso? — perguntei. Minha cabeça doía. Milagrosamente, havia um copo de água na mesa de centro, ao lado do meu celular.

— *RuPaul's Drag Race* — Jahan disse. — É nosso culto de domingo.

Bebi um gole de água e foi como se os portões cintilantes do paraíso tivessem sido abertos dentro da minha boca. Peguei meu celular e encontrei uma mensagem de Neil, e sua foto no WhatsApp – ele em alguma praia, inclinado para a frente e sorrindo – acordou outras partes de mim.

> Se você ainda quiser aquelas aulas de italiano, meu turno na livraria acaba às 17h hoje. Me encontra lá?

Uau.

Também notei que não havia mais nenhuma ligação perdida ou mensagens dos meus pais. Quando cheguei em Roma, eles me ligavam sem parar; agora eu já estava havia quase dois dias sem nenhum sinal deles. Aquilo me preocupou. Será que Jake havia finalmente decidido puxar o gatilho e contar meu segredo? Será que minha mãe e meu pai já tinham me excluído de suas vidas?

Levantei do sofá e fui até o banheiro para me recompor. Meu cabelo estava uma bagunça. Quando voltei para a sala de estar, um monte de drag queens estavam enfileiradas na tela da TV.

Jahan me lançou um olhar engraçado.

— Pela sua cara, parece que você está vendo uma invasão alienígena chegando à Terra pela primeira vez.

— Não, é só que...

— Você nunca viu uma drag queen antes, né?

Dei de ombros.

— Elas meio que me lembram palhaços.

Jahan balançou a cabeça negativamente. Ele abriu espaço no sofá e me chamou para sentar ao seu lado.

— Está vendo aquilo ali? — Jahan apontou para uma drag que tinha acabado de sair de uma limusine vestindo um macacão brilhante e uma peruca branca enorme. — Um palhaço *jamais* arrasaria assim.

Ele estava certo. Drag queens eram muito mais sofisticadas do que palhaços. Eu nunca tinha visto *RuPaul's Drag Race* antes, mas não levou muito tempo para que eu começasse a fazer perguntas sobre as regras e as competidoras. Era tipo *America's Next Top Model*, mas com homens de salto alto. E deboche. Todas aquelas pessoas eram incrivelmente debochadas.

+10: Gosta de *RuPaul's Drag Race*.

Durante a batalha de *lip-sync*, respondi à mensagem do Neil.

> Buongiorno.

Neil respondeu de volta.

> Uau, você já é fluente. Talvez não precise de mim no fim das contas...

Respondi imediatamente.

> Sorte de principiante.

Ele mandou:

> Então você está dizendo que ainda precisa de um professor?

Parei para pensar.

> Como se diz sim em italiano?

Neil escreveu:

> *Sí*. Igual em espanhol. *Perfetto*. Me encontra na livraria, então?

Comecei a digitar "te vejo lá", mas em vez disso acabei enviando um emoji de positivo.

Depois que o episódio de *Drag Race* terminou – uma drag alta e branca com um nome muito apropriado (Milk) foi eliminada –, a amiga de Jahan foi embora, e ele foi para a cozinha fazer macarrão. Eu fiquei conferindo meu celular toda hora para ver se meus pais haviam ligado ou mandado mensagem.

— Está tudo bem? — Jahan perguntou enquanto a gente comia. Eu mal havia tocado meu prato. — Está bom, eu confesso. O molho bolonhesa é enlatado. Eu claramente arruinei a comida italiana pra você. Pode ir pra casa agora.

Casa. Jahan estremeceu por causa da sua escolha de palavras.

— Desculpa — ele disse. — Eu sei que você não pode...

Sua voz se perdeu no meio da frase. Mas ele estava certo, afinal. Porque se Jake realmente havia contado tudo para a minha família, eu não poderia voltar para casa. Imaginei como seria aparecer na porta e encarar o olhar vazio dos meus pais. Eles não me reconheceriam. Só conseguiriam enxergar a pessoa naquela foto, beijando Jackson no carro.

— Relaxa — eu disse para Jahan.

Ele assentiu.

— O que você achou de *Drag Race*? — Jahan perguntou.

Me forcei a comer uma garfada de macarrão.

— É legal — eu disse, mastigando lentamente. — Você e sua amiga parecem gostar bastante.

Os olhos de Jahan se iluminaram.

— Ah, nós somos obcecados. Sabe por quê? Porque drag queens estão cagando e andando. Não existe ninguém nesse planeta que se importa menos do que elas. As pessoas podem chamá-las de aberrações, dizer que estão confusas, são doentes ou qualquer coisa, e elas estão pouco se fodendo pra tudo isso.

Eu sorri.

— Até os palhaços ligam para o que as pessoas acham deles — eu disse.

— Ah, palhaços são as coisinhas mais frágeis do mundo. Eles não sabem ouvir críticas. Acredite em mim. Já saí com palhaços o bastante pra saber. Mas, em compensação, drag queens... — Jahan leva os dedos até a boca e faz um beijo do chef. — Aff, eu simplesmente adoro elas.

— E, tecnicamente falando — eu disse, engolindo mais uma garfada de macarrão —, é incrível como elas conseguem se transformar daquele jeito.

— Exatamente! Elas se montam. Elas cantam. Elas têm perucas fabulosas. Elas são tipo... qual é o nome daquela estrela da Disney que é uma garota normal, mas, secretamente, vira uma popstar à noite?

— Hannah Montana.
— Isso. Eu sabia que era o nome de um estado do Centro-Oeste. Enfim, drag queens são tipo a Hannah Montana, só que menos cafonas.
— Em primeiro lugar, como você *ousa* desmerecer a Hannah Montana desse jeito? — eu disse, apontando o garfo para Jahan. — E, em segundo, acho que Montana não fica no Centro-Oeste. Tecnicamente, fica no Noroeste.
— E como é que você sabe disso?
— Uma vez eu... passei um sábado inteiro editando todas as páginas da Wikipédia sobre as diferentes regiões dos Estados Unidos.
— Não vou nem perguntar — Jahan bagunçou meu cabelo. — Esquisito.
— Disse o cara que vê drag queens na TV todo domingo.
— Bom, mas me parece que você acabou gostando das drags também — Jahan disse com uma piscadinha. — Você achava que elas pareciam palhaços, mas viu que elas são muito mais do que isso. Viu só? Você só precisou dar uma chance a elas.
Contei para Jahan que ia encontrar Neil mais tarde para a nossa primeira aula.
— O que você vai fazer hoje? — perguntei.
— Eu ia dar um pulo em Nápoles, é uma viagem fácil pra fazer em um dia saindo daqui de Roma, mas parece que isso está fora de questão agora, né? — Jahan suspirou. — Eu deveria mesmo era fazer minhas tarefas de álgebra. Estou atrasado com alguns exercícios.
— Então você vai estudar?
— Provavelmente não. O dia está bonito demais pra ser responsável. Pra ser sincero, acho que só vou descer até o

café ali do outro lado da rua e sei lá. — Ele apontou para a janela. — Escrever, talvez.
— Um poema?
Jahan deu de ombros.
— Talvez. Ou alguma outra coisa pode acabar prendendo minha atenção. Um amigo. Um aperitivo. Eu não consigo controlar essas coisas.

A livraria ainda estava cheia quando cheguei. Neil me pediu para aguardar por um instante enquanto ele andava pela loja recomendando livros e tirando-os das prateleiras. Ele era simpático com todo mundo, até mesmo enquanto enxugava rios de suor da testa. Sua energia de Grande Livreiro estava com tudo.

— Tudo pronto — Neil disse depois que o sino na porta indicou a saída do último cliente. Ele pegou sua bolsa atrás do balcão do caixa. — Vamos nessa.

Caminhamos até o Rigatteria, onde teríamos mais espaço para ficarmos à vontade durante a aula. Mesmo andando ao seu lado, eu mal conseguia olhar para o Neil. Era como se Deus tivesse escondido um sósia do Ryan Reynolds na Itália, longe de todos os tabloides, mas bem na frente dos meus olhos cheios de hormônios.

— Está tudo bem? — ele perguntou. — Você está estranhamente quieto.

— Desculpa — eu disse. — Só estou cansado da noite de ontem.

— Eu que o diga. Consegui dormir por duas horas e olhe lá — Neil disse.

Tentei olhar para Neil, mas meus olhos desviaram dele e foram parar no rio Tibre. Estávamos atravessando a mesma ponte da noite anterior, aquela onde os adolescentes italianos nos assediaram.

— Obrigado por fazer isso por mim — eu disse.

— Ah! Eu não estava tentando fazer você se sentir culpado — ele comentou. — Acredite, eu estou feliz por ter dormido pouco. A gente não tinha uma noite como aquela fazia muito tempo.

— Sério? Achei que vocês fizessem isso o tempo todo.

— Mantive meus olhos focados no movimento da água. Várias barracas de comida e tendas brancas estavam armadas à beira do rio.

Neil riu.

— A gente fazia, mas aí todo mundo cresceu. Ficamos chatos. Arrumamos namorados. Sei que eu e Francesco parecemos ter trinta anos, mas, acredite, temos setenta por dentro. Nunca arrume um namorado, Amir.

Revirei os olhos.

— Que foi? Você é meu pai agora?

— Talvez seu *daddy*...

Ai, meu Deus.

— Brincadeira — Neil disse. — Você provavelmente nem sabe o que isso significa.

— Ei, só porque eu me assumi, tipo, cinco segundos atrás, não significa que eu não sei o que é um *daddy*! — me defendi. — Eu tenho internet. Sei quem o Anderson Cooper é.

Neil assentiu. Já que estávamos rindo juntos, consegui olhar para ele. Foi como aquela vez que roubei na competição de não se encarar com o Jackson, quando dei a primeira espiada.

— Enfim, — Neil continuou. — Acho que esse verão vai ser diferente, na verdade. Você sabe que o Jahan vai embora daqui a algumas semanas, aquele filho da mãe. Todo mundo está devastado. Dá pra perceber que nossos amigos estão mais dispostos a sair, se encontrar com ele, fazer coisas, já que é nosso último verão juntos. E agora temos o Rigatteria. Os italianos adoram fazer festa no terraço quando está quente. Você chegou em boa hora.

Por um momento, fechei os olhos e me permiti imaginar um verão inteiro com todas aquelas pessoas. Pintei o cenário na minha cabeça e era uma obra-prima.

Chegamos ao Rigatteria. Neil me entregou um caderno novo, e me senti estúpido por não ter levado um. Dissemos "ciao" para o Francesco, que estava limpando o terraço, e pegamos uma mesa pequena no bar do primeiro andar. A mesa era antiga, iluminada apenas pela luz fraca de uma luminária verde. Neil começou a aula me ensinando o alfabeto e os números, e então partimos para o vocabulário básico.

— *Avere* é o verbo "ter" — Neil disse, e anotou isso no meu caderno. — Mas é um verbo irregular. *"Io ho"*, eu tenho. *"Tu hai"*, você tem. *Lei, lui, lei ha...*

Quando Neil se aproximava para anotar uma palavra no caderno, seu braço sempre esbarrava no meu punho. Não significou nada para ele, mas acendeu tudo em mim. Minha pele ficou eletrizada. Não era apenas o toque. Era o clima também. Em um determinado momento, Francesco desceu para limpar o espaço atrás de onde estávamos. Parecia que ele estava nos observando, percebendo como cada fibra do meu ser estava atiçada enquanto Neil falava baixinho e enchia o caderno com palavras em italiano.

Ainda bem que Neil estava anotando tudo. Eu teria que revisar a aula inteira mais tarde, quando estivesse menos distraído.

***

— Como é "pergunta" em italiano? — perguntei, ao fim da nossa aula.

— *Domanda* — ele respondeu.

— Certo. Eu tenho uma *domanda. Io. Ho. Domanda.* — eu disse, me certificando de que usei a conjugação correta do verbo. — Qual é a do Rocco?

Neil puxou meu caderno e escreveu: *Io ho <u>una</u> domanda.* Merda. Foi por pouco.

— Na verdade, eu não conheço o Rocco muito bem. Ele e o Jahan já trabalharam juntos em uma pizzaria, acho, ou em alguma dessas lojas pega-turista na Piazza Navona, bem antes de a gente virar amigo. Foi assim que eles se aproximaram. Quando conheci o Rocco, ele era apenas o amigo artista do Jahan.

— Mas ele está com o Giovanni, certo? — perguntei.

Neil desviou o olhar.

— Sim.

Fiquei em silêncio por alguns segundos. Neil perguntou o motivo de eu querer saber mais sobre o Rocco, e eu expliquei a ele o que havia acontecido na noite anterior.

— Ih, rapaz — ele disse, apesar de não parecer surpreso. — Sinto muito.

— O que eu não entendo — eu comecei —, é por que o Rocco daria em cima de mim se está namorando o Giovanni.

— Bom. É — Neil disse. — Mas o relacionamento deles é aberto — ele disse e eu afastei a cabeça para trás. — Quer dizer que eles não são monogâmicos. Eles podem sair com outras pessoas.

— Eu sei o que é um relacionamento aberto — respondi, na defensiva.

— Ah, certo, porque você tem "internet" — Neil zombou.

Encarei Neil, mas ele tinha razão; eu sabia o que significava apenas na teoria, da mesma forma que se sabe que um bilionário é uma pessoa com bilhões de dólares. Só que ver aquilo ao vivo, com pessoas de carne e osso que eu conheço... era novidade para mim.

— Então, hm. Isso é tipo... comum? — perguntei.

Neil riu.

— Não sei. Muitos casais gays têm relacionamentos abertos. Eu tenho alguns amigos héteros que têm também.

— Mas estar em um relacionamento não significa que você quer ficar com uma pessoa só?

— Depende da sua definição de relacionamento. Tem gente que ainda insiste que relacionamento é apenas entre homem e mulher.

— Verdade — eu disse. — Acho que, pensando bem, tudo pode funcionar.

— Sim. Mas também não quero que você saia achando que todo relacionamento gay é aberto — ele abaixou um pouco o tom de voz e olhou por cima dos ombros. — O meu com Francesco não é. — O jeito como ele disse, quase dando ênfase, me pareceu que ele queria deixar aquilo bem claro. — Não há nada de errado com isso, mas não é pra todo mundo. Vai depender do que te deixa mais confortável.

De repente me senti culpado pelos meus sentimentos ou hormônios ou sei lá o que eu sentia sempre que estava perto de Neil. Eu não deveria desejar uma pessoa que não só tinha um namorado, como também era gentil o bastante para me ensinar italiano. Esse tipo de coisa não funciona quando é segredo ou proibido. A prova disso? Jackson.

Neil terminou nossa aula com algumas frases úteis, tipo *"come si dice"* (como se diz...) e *"vorrei"* (eu gostaria de...), que eu poderia usar para andar por Roma e me perguntou se nossa próxima aula poderia ser naquela mesma hora no próximo domingo. Me dei conta de que ele achava que eu ia mesmo ficar na Itália. Eu precisava dar um jeito naquilo.

Hesitei para responder.

— Hm, claro.

Também me dei conta de que não havíamos falado sobre pagamento, o que parecia especialmente estúpido da minha parte, considerando que eu não tinha muito dinheiro.

— Quanto te devo pela aula?

— Não, não. Por favor — Neil zombou. — Eu não vou cobrar.

— Como assim? Sem essa. Por favor. — Comecei a tirar euros do bolso, mas Neil empurrou tudo de volta para a minha mão.

— Você é meu amigo — Neil insistiu. Ele me segurou pelo pulso e olhou bem no fundo dos meus olhos. Eu quase tive um ataque cardíaco. — Não se preocupa com isso.

Sorri.

— Obrigado.

Neil me acompanhou até a porta e explicou como fazer para voltar a Trastevere, mesmo depois de eu dizer a ele que tinha o endereço de Jahan salvo no celular. Agradeci mais uma vez pela aula e disse *"arrivederci"*. Neil me corrigiu.

— *"Arrivederci"* é mais formal. Você pode usar *"ciao"* ou *"a dopo"*.

— O que significa *"a dopo"*?

— Te vejo depois — Neil disse. — Ou *"a presto"*. Significa "te vejo em breve".

Considerei minhas duas opções.
— A presto.
— A presto.

Sala de interrogatório 38

Soraya

Um dia depois de ter falado com Jake no shopping, encontrei Jackson Preacher na Starbucks. Ele vestia uma camisa polo e shorts cáqui, com um chinelo marrom, e ficava estalando os dedos.

Como eu cheguei lá? Mãe, não finja que não sabe. Você me levou. Quer dizer, mais ou menos. Você me deixou no cinema ao lado do shopping. Eu disse que ia assistir ao novo Mamma Mia com a Madison. Nem existia um novo Mamma Mia. Aliás, mesmo que existisse, você sabe que a mãe da Madison não deixa ela ver nenhum filme com censura maior do que treze anos. Desculpa ter mentido.

Jackson foi supersimpático. Ele me comprou um doce, mas parecia um pouco nervoso também. Quando mandei mensagem pra ele pelo Instagram no dia anterior, ele me respondeu no mesmo instante, tipo, menos de um minuto depois. Me perguntou se eu tinha notícias do Amir. Achei aquilo meio esquisito. Ou aquele cara tinha assassinado meu irmão ou o Amir tinha, sim, um amigo na escola.

Começamos a conversar, e estava muito óbvio que nós dois estávamos tomando muito cuidado com as palavras. Eu não queria expor o Amir, caso o Jackson não soubesse de nada, então eu disse coisas tipo: "Acho que ele está escondendo alguma coisa" e "Eu queria conhecer o Amir de verdade".

Jackson bebeu um longo gole de café e disse: "Você sabe, né?" Mais uma vez, fui muito cuidadosa. Eu não tinha certeza se Jackson era o vilão da história ou qualquer coisa do tipo. Talvez ele fosse o motivo do sumiço de Amir. Talvez ele tivesse feito Amir acreditar que nossa família não o amaria. Jackson levou o copo até a boca, virou a bebida toda de uma vez e disse para a gente sair dali e dar uma volta.

Encontramos um banco no parque e nos sentamos lá. Jackson continuava com a respiração pesada, olhando em volta, balançando os joelhos. Tive a sensação de que eu já sabia o que estava rolando, então perguntei: "Jackson, você era namorado do meu irmão?" Ele desabou. Eu mal consegui acreditar, aquele jogador de futebol cobrindo o rosto com as mãos. Ele me disse que nunca tinha falado sobre aquilo com ninguém, sobre nada daquilo. Ninguém além do Amir sabia que ele era gay. Mas eles pararam de se falar alguns meses antes da formatura.

Perguntei ao Jackson por que eles tinham parado de se falar. Ele disse que Amir simplesmente parou de responder suas mensagens, começou a inventar desculpas e eles pararam de se ver. Ele sabia que havia alguma coisa errada. Jackson achava que, talvez, fosse alguma coisa em casa, porque, quando perguntava se tinha alguma coisa a ver com os nossos pais, Amir ficava muito bravo e mal conseguia olhar pra ele.

A última coisa que perguntei para o Jackson naquele parque foi: "Você amou o meu irmão?", e ele pensou um pouco antes de responder: "Eu amava como eu me sentia com ele".

Eu perguntei: "E como você se sentia?"
Ele disse: "Como eu mesmo".

Sala de interrogatório 37

Amir

Como é a minha relação com a minha irmã? Eu amo a Soraya. Eu a admiro pra caramba. Acho que ela é a pessoa mais talentosa que eu conheço.

A primeira vez que vi minha irmã em um musical, ela estava interpretando um dos garotos em Newsies, e, vou te contar, ela parecia ligada no duzentos e vinte. O jeito como ela sapateava naquele palco, segurando o chapéu, o jeito como seu rosto estava sujo, mas ao mesmo tempo brilhando. Foi inesquecível. Isso foi há uns quatro anos. Ela fez Vendedor de Ilusões no verão seguinte. Honk! no verão depois desse e, então, no verão passado ela não pôde participar de nenhum musical porque a gente se mudou. Era por isso que eu estava tão feliz por ela ter conseguido o papel que queria em Cats.

Fiquei muito mal por ter abandonado ela, mas me senti pior ainda porque nas minhas últimas semanas em casa Soraya estava tão feliz com seu papel, e eu estava um caco. Não queria arruinar a felicidade dela. Foi por isso que não contei pra ela que eu ia fugir. Bem idiota, né?

Ela me mandou mensagem logo depois daquele primeiro telefonema no aeroporto: Que porra é essa, Amir? *Ela sempre foi dramática. Depois vieram ainda mais mensagens:* O que está acontecendo? Cadê você? Por que você faltou a sua formatura? Você é tão burro.

Eu disse a ela que voltaria pra casa em breve. Eu estava mentindo, mas não queria deixar Soraya arrasada. Ela continuou me implorando por uma explicação, o que só fez com que a culpa apertasse ainda mais meu peito. Mas eu não podia arrastá-la para o meio disso tudo. Fiz Soraya me prometer que continuaria focada no musical. Disse que eu mal podia esperar pra ver a apresentação, que não perderia por nada nesse mundo.

Vinte e quatro dias atrás

Passei um minuto inteiro encarando aquela mensagem no meu celular.

> Eu sei que você é gay.

Eram sete e meia da manhã. Só podia ser mentira.
Olhei em volta pela sala de Jahan. Tudo parecia em paz sob a luz da manhã. O sofá onde eu tinha acordado. A pilha de livros logo ao lado dele. A máquina de macarrão no balcão da cozinha, os pratos que eu e Jahan não lavamos por preguiça, o álbum da Joni Mitchell que ele botou para tocar para mim.
Tudo aquilo era real. A mensagem da minha irmã, não. Aquelas eram as palavras que mais temi durante toda a minha vida.

> Você sabe que eu não ligo, né?

> Você sabe que eu te amo.

O cheiro de *espresso* entrou pela janela, vindo do café lá da rua. Lentamente, voltei a respirar. Respondi a mensagem:

> A mãe e o pai sabem?

Esperei por uma resposta. Finalmente, o status da Soraya no WhatsApp mudou para on-line. Ela digitou e apagou. E então digitou de novo.

> Não. Claro que não.

E depois:

> Por que você não conta pra eles?

> Você sabe que eu não posso contar.

Eu digitava com força no teclado do celular.

> Que pergunta estúpida, Soraya. *Pelamor.*

Soraya respondeu:

> Sabe, o pai passou os últimos dois dias te procurando em Nova York.

> Ele literalmente foi até lá te procurar.

Respirei fundo. Meu estômago estava embrulhado. Para meu pai, eu ainda era o velho Amir, não a pessoa que estava vendo drag queens na TV com Jahan e conversando sobre relacionamentos abertos com Neil. Eu não era o estranho que passou a vida inteira morando na casa dele. Ainda não.

Lembre do placar de pontos, pensei comigo mesmo. *Os números não estão ao seu favor.*

Perguntei a Soraya:

> Como você descobriu?

> Eu conversei com o Jackson.

Fodeu. O que Jackson contou para ela? Antes que eu pudesse perguntar, Soraya mandou mais uma mensagem.

> Não importa. Volta pra casa, Amir.

> Eu não posso voltar.

Minhas conversas com minha irmã normalmente eram só memes e emojis. Nunca havíamos trocado mensagens com tantas frases, tantos pontos finais. Nunca conversávamos assim.

Escrevi:

> Se eu voltar, vou ter que contar pra eles.

> Ou você pode inventar outra desculpa.

Aquilo não me desceu. Mentir mais uma vez. Passei a vida inteira mentindo, mas, depois daqueles dias em Roma, eu não conseguia mais me imaginar fingindo que fugi porque não me sentia pronto para subir no palco da cerimônia de formatura ou qualquer outra bobagem como essa. Não respondi. Soraya mandou outra mensagem:

> Onde você está agora?

Por mais que minha vida em casa estivesse uma merda, eu não conseguia parar de pensar naquela noite com Jahan e seus amigos, dançando no terraço até o dia amanhecer... Eu queria mais daquilo. Estava faminto por mais. Por uma vida. Uma vida autêntica e sem culpa. Queria enterrar meus dentes naquelas vivências que nunca imaginei que fosse experimentar.

E Jahan. Eu me sentia cada vez mais confortável ao lado dele. A gente tinha, ao mesmo tempo, tudo e nada em comum.

Eu não sabia o que dizer para Soraya. Por fim, ela mandou:

> Deixa pra lá.

> Queria que você tivesse se assumido pra mim. Eu faço teatro musical. Vivo cercada de gays. Na real, eu até me sinto ofendida por você não ter pensado em me contar.

Com um longo suspiro, me joguei no sofá.

Alguns minutos depois, Jahan saiu do seu quarto. Eu o observei se arrastar até a cozinha com sua cueca vermelha xadrez.

— Acordou cedo — ele disse.
— Você também — respondi.

— Acredite, não estou nem *perto* de estar acordado. — Jahan voltou da cozinha com um copo de água. Ele se apoiou em uma parede que era coberta de fotos Polaroid e deu um longo gole enquanto olhava para mim. — Está tudo bem?

Não. Minha irmã descobriu que eu sou gay. Não falo com meus pais há dias. Não sei mais o que fazer.

Observei Jahan. Ele mal conseguia manter os olhos abertos.

— Sim, tudo bem — eu disse.

Jahan assentiu, sonolento.

— As chaves estão na prateleira ao lado da entrada — ele disse, antes de voltar para seu quarto e fechar a porta.

Criei forças para sair do apartamento. Era o mais perto que eu tinha de uma rotina naquelas últimas manhãs, enquanto Jahan dormia até tarde. Jahan acreditava que, assim como o capitalismo e a heteronormatividade, as manhãs eram uma construção opressora, e a missão pessoal dele era ignorá-las.

Era uma manhã particularmente calma em Trastevere. Muitas lojas ainda estavam fechadas. Apesar de já estar familiarizado com algumas das ruas, eu ainda ficava admirado com aquilo tudo: as paredes cobertas de musgos, as roupas penduradas nas janelas, os becos estreitos que levavam até grandes praças.

Uma caminhada pela manhã pode muito bem ser terapêutica.

Encontrei um restaurante na Isola Tiberina, uma pequena ilha no rio Tibre, e peguei uma mesa do lado de fora. As outras mesas ao meu redor estavam vazias. Eu já havia percebido que a maioria dos italianos, em vez de se sentarem para tomar café, bebiam suas doses de *espresso* direto no balcão.

Eles eram tão descolados. Simplesmente chegavam, pediam *un caffè*, às vezes conversavam um pouco com o barista e então viravam a dose de *espresso*, jogavam um euro no balcão e diziam *"ciao"* antes de montar em suas motocicletas.

Antes que a garçonete viesse anotar meu pedido, peguei a mochila para conferir meu dinheiro. Eu só tinha notas de vinte e cinquenta e algumas moedas de um euro no bolso. Ao todo, eu ainda tinha mais ou menos oitocentos euros do dinheiro que saquei no aeroporto, guardados cuidadosamente em lugares diferentes; na mochila, na mala e em vários bolsos.

Ainda assim, eu estava começando a ficar preocupado com dinheiro. Peguei meu notebook e abri a página da Wikipédia de uma empresa de criptomoedas que havia me pedido para fazer algumas edições na seção de Controvérsias deles. Era tudo um pouco obscuro, mas eles iam me pagar mil pratas (em dinheiro de verdade) por um trabalho que eu faria *muito* rápido.

A garçonete chegou com meu café em uma pequena xícara de *espresso* sobre um pequeno pires branco.

— Grazie — eu disse.

Então ela reparou que meu notebook estava em cima da mesa e franziu a testa.

— Sinto muito — ela disse. — Mas não permitimos notebooks aqui.

— Putz. Eu devia ter perguntado antes de fazer meu pedido — eu disse. — Você conhece algum lugar aqui em Roma que seja adequado pra trabalhar?

— Tipo uma Starbucks? Nós não temos lugares desse tipo aqui. — Ela pensou por um momento. — Deixa eu perguntar para o meu gerente.

O gerente era um homem corpulento, com cabelo grisalho e espesso. Ele se apresentou como Roberto.

— Peço perdão — ele começou —, mas não permitimos que os clientes trabalhem no nosso restaurante. Sei de um café em Monti, acho que se chama Gatsby. Muitos estudantes trabalham lá, no segundo andar.

Procurei por Gatsby Café no celular, e ele ficava a quarenta minutos andando dali. Suspirei.

— Sem problemas. Eu encontro outro lugar.

— Você é estudante? — ele perguntou.

Neguei com a cabeça.

O homem olhou para a tela do meu computador.

— Ah, um programador.

Eu ri.

— Não exatamente. Estou editando uma página da Wikipédia.

Ele franziu o rosto e eu expliquei.

— Wikipédia é uma enciclopédia on-line. — Abri uma aba no navegador e mostrei a ele uma página finalizada.

— Ahhhh, *Weekeepédia*! — Seu rosto se iluminou. — Você deveria fazer uma página para a minha filha. Ela é muito, muito talentosa. Eu sempre digo a ela: "Laura, você é tão talentosa! Uma estrela! Você precisa de uma página nessa... nessa Weekeepédia". Ela é uma cantora, a Laura. Laura Pedrotti, pode pesquisar. Muito talentosa. — Ele agitava os braços com empolgação. — E ela faz faculdade nos Estados Unidos. Acabou de terminar seu primeiro ano em Harvard.

Joguei Laura Pedrotti no Google e, por mais que eu achasse que o cara só estava sendo um pai coruja, ela era de fato conhecida. Seu perfil estava no *Harvard Crimson* e ela tinha uma música com milhões de *streams* no Spotify; a música tocava em um comercial da Nespresso.

Foi então que tive uma ideia.

— Se eu fizer uma página para a sua filha na Wikipédia — perguntei ao sr. Pedrotti —, posso ficar aqui e trabalhar no seu restaurante de vez em quando?

Ele pensou por um segundo e então deu de ombros.

— Laura Pedrotti na *Weekeepédia*. *Perfetto!* Combinado!

Naquela noite voltei ao Garbo, o bar onde eu havia conhecido Jahan. Ele estava apresentando um sarau onde qualquer um podia se levantar e ler alguma coisa. Poderia ser algo que a pessoa escreveu ou apenas algo de que gostasse muito. Um poema ou uma cena de um livro. Eu não estava muito no clima, mas Jahan disse que se eu não fosse ele ia me botar para fora do apartamento, e eu não estava muito a fim de testar para ver se ele estava falando sério, então fui.

O bar estava lotado com todo tipo de gente. Homens e mulheres. Uma multidão de artistas. As pessoas usavam chapéus engraçados, tinham tatuagens interessantes, algumas pareciam estar me julgando e eu me sentia honrado – sem brincadeira, honrado – em ser julgado por algumas delas. Mulheres com delineador escuro. Homens com calças justas e camisas largas, segurando cigarros entre os dedos. A fumaça circulando em cima deles.

A leitura em si era a grande atração. Uma mulher com uma tatuagem gigante no peito que dizia REVOLTA FEMININA em letras garrafais leu um poema feminista. Eu gostei bastante. Pensei em como Soraya teria gostado também. Jahan leu algumas estrofes de poemas do Rumi. A coisa toda era muito envolvente.

Depois das leituras, todo mundo voltou a beber, fumar e socializar. Jahan voltou para trás do bar. Ele estava usando uma camisa polo rosa. Lembrei que era quarta-feira e sorri.

— Gostei da referência a *Meninas malvadas* — eu disse, apontando para a camisa.

Ele me olhou confuso.

Eu olhei para ele mais confuso ainda.

— Por favor, me diz que você já viu *Meninas malvadas*.

— Se eu disser, estarei mentindo — Jahan respondeu.

— Jahan.

— Ai, dá um tempo.

— *Jahan*. — Bati com a palma da mão no balcão. — Você está literalmente participando de uma piada interna de um dos maiores fenômenos do século vinte e um, uma obra-prima da cultura norte-americana, e você não faz a mínima ideia.

Expliquei a piada para ele. Jahan me perguntou qual personagem do filme ele seria e eu disse que, provavelmente, o Damien, que era "gay demais da conta".

— Me sinto ofendido — Jahan disse. — Eu sou gay exatamente na medida certa.

— Não é essa a questão! Você não entendeu nada!

— Disse o garoto que perdeu a cena da orgia em *A doce vida*.

— Primeiro de tudo, eu estava cansado e com sono — eu disse. — Segundo, não tinha orgia nenhuma! Era só uma guerra de travesseiros. Posso ser virgem, mas acho que precisaria de um pouquinho mais de ação pra chamar aquela cena de "orgia".

— Tem alguma orgia em *Meninas malvadas*?

— Hm. Não. — Pensei por um segundo. — Mas tem uma cena em que duas meninas se transformam em animais selvagens e brigam por um garoto gostosão, conta?

— Aah, uma coisa bem reino animal — Jahan disse, fazendo pequenas garras com as mãos.

Eu ri.

— Sério. Jahan. Você conhece alguma coisa da cultura pop?

Comecei um quiz enquanto ele servia bebidas no bar, e os resultados foram absurdos. Ele nunca havia ouvido falar da Selena Gomez e não conseguia citar uma única música da Taylor Swift.

— Nem mesmo a Tay-Tay? — perguntei.

Jahan assentiu.

— Nem mesmo a... Desculpa, mas eu me recuso a falar esse apelido em voz alta.

— Acho que já saquei tudo — eu disse. — Olha. Eu não conheço nada da cultura pop de antes dos anos dois mil, e você não conhece nada do que veio depois. Britney Spears é nossa linha de corte.

— O que tem a Britney? — Pier Paolo, um dos amigos de Jahan, chegou ao bar se espremendo pela multidão. Ele era baixinho e tinha cabelos cacheados pretos que balançavam feito molas.

— *I'm a slaaaave for you* — Neil surgiu por trás de mim, passando o braço em volta do meu pescoço.

— Pier Paolo, Neil, vocês já ouviram falar da Selena Gomez? — Jahan perguntou.

Pier Paolo deu de ombros.

— Não é aquela garota que namorou o Justin Bieber? — Niel comentou.

— Isso! — eu disse, apontando o dedo para o alto. — Tipo, eu posso não conhecer Joni Mitchell e Cher...

Neil tirou seus braços de mim.

— VOCÊ NÃO CONHECE A CHER? — ele berrou.

— Quer dizer, eu sei que ela adora tuitar usando muitas letras maiúsculas e emojis — eu disse. — Só não conheço nenhuma das músicas dela. Mas sei que ela é importante. Sabe o que mais é importante? *Meninas malvadas*. E eu vi esse filme pelo menos umas quinze vezes.

+15: Viu *Meninas malvadas* no mínimo quinze vezes. (Eu realmente não deveria ganhar pontos por causa disso, afinal, quem ganha pontos por respirar? Ninguém. Mas o placar é meu.)

Pelo canto do olho, percebi que Jahan sorria para mim. Parecia que ele estava gostando de me ver tomando controle e ensinando aos outros sobre a *minha* cultura pop. Ele sugeriu que todo mundo fosse para o apartamento dele naquela noite para assistir ao filme, depois que o bar fechasse.

Um pequeno grupo de amigos foi para o apartamento de Jahan por volta de uma da manhã. A gente precisou encontrar o filme na internet, e Jahan se enrolou todo com seu notebook e um cabo HDMI, mas, por fim, conseguimos ver na TV.

Depois que terminamos, perguntei a Jahan o que ele havia achado.

— Totalmente barro — ele disse, balançando a cabeça.

O grupo começou a conversar, mas rapidamente a conversa virou um debate. Jahan argumentou que Cady Heron, como protagonista, seguia o clássico mito grego da jornada do herói, enquanto Giovanni acreditava que o filme era mais uma sátira social e não se prendia estritamente aos arquétipos. Alguns referenciavam Shakespeare e tragédias gregas. Conversavam em uma mistura de italiano e inglês com as mãos balançando e os dedos apontando. Eu não tinha me dado conta de que italianos eram realmente daquele jeito. Me afundei no sofá e sorri enquanto a sala ficava cada vez mais animada. Jahan e Pier Paolo. Neil e Giovanni. A mulher da REVOLTA FEMININA. Todos tão adultos, tendo conversas adultas. Do lado de fora, o céu se pintava de um azul brilhante. Eu estava caindo de sono. Mas eles estavam acordados e mais vivos do que nunca.

Sala de interrogatório 38

Roya Azadi
Na escola persa onde dou aula, perguntei a uma das alunas, que estava dois anos abaixo de Amir no ensino médio, se ela estava sabendo de alguma coisa. Ela disse que havia alguns rumores se espalhando naquele semestre – claramente havia alguma coisa que aquela menina não queria me contar. Então ela disse que ia rezar para que Amir voltasse para casa. Achei estranho. Não havíamos contado para ninguém sobre o sumiço de Amir.
Fiquei pensando: como foi que ela descobriu?

Sala de interrogatório 38

Soraya

Uma noite, quando voltei do ensaio, meus pais estavam me esperando na cozinha. Pediram pra que eu me sentasse. Eu sabia que era coisa séria porque minha mãe se serviu de uma xícara de chá sem açúcar e não pegou biscoitos pra acompanhar. Ela disse: "Ouvi algumas coisas dos meus alunos, Soraya. O que você tem contado para as outras pessoas?"

Fiquei meio que sem palavras. Pensei que ela tinha descoberto. Eu estava tipo: "Isso não deveria ser um segredo. Eu odeio como a gente não conversa sobre essas coisas. A gente deixa tudo acumular". Minha mãe e meu pai me olharam como se eu tivesse me transformado em um unicórnio bem na frente deles.

"Do que você está falando?", meu pai perguntou.

E eu: "Estou falando sobre o motivo pelo qual o Amir fugiu."

Eles se olharam ao mesmo tempo, como se não estivessem entendendo nada. Minha mãe arrumou a postura e disse: "Você sabe por que ele fugiu, Soraya?", e meu pai disse: "Se você sabe de alguma coisa, precisa nos dizer".

Fiquei sem reação. Me dei conta de que talvez meus pais não soubessem a verdade. Ou, se sabiam, estavam me testando.

De uma forma ou de outra eles ficariam sabendo, fosse por causa de alguma mãe de aluno fofoqueira ou de qualquer outra pessoa da escola do Amir. Se aquele tal de Jake sabia sobre Amir e Jackson, provavelmente outras pessoas sabiam também. Era apenas uma questão de tempo. Eles ficariam sabendo por um estranho ou por mim. Amir nunca contaria pra eles.

Então eu contei.

Sala de interrogatório 37

Amir

Soraya me mandou mensagem logo depois de contar para os meus pais. Eu estava com Jahan e uns amigos vendo apresentações antigas da Nina Simone no YouTube. Quase surtei. Tive que correr até o banheiro pra me acalmar. A explicação de Soraya, ela pensar que meus pais já estavam suspeitando, que as pessoas estavam comentando – todas essas informações escorriam da minha mente como grãos de areia.
Eles sabiam.
Eles finalmente sabiam.

Sala de interrogatório 38

Soraya

Eu sei que não deveria ter contado. Foi muita estupidez da minha parte contar o segredo do Amir. Eu não estava pensando direito. Mas meus pais estavam me olhando com tanto desespero, como se quisessem saber mais, como se nada que eu dissesse pudesse ser o bastante pra eles desistirem da missão de encontrar o Amir.
Eles não acreditaram em mim de cara. Acharam que eu estava inventando. "Não, não, não", eles disseram. "Não pode ser verdade." Então eu fui mais longe e disse que já tinha conversado com Amir sobre isso e que eu o amava muito, depois fiquei toda emotiva e super na defensiva. Acho que minha mãe foi quem acreditou primeiro, porque a boca dela começou a se contrair até virar uma linha fina, bem do jeito como está agora. Eles me pediram pra sair da cozinha.
Fui para o meu quarto e me sentei na cama, me sentindo muito, muito mal. Mandei mensagem contando tudo para o Amir. Ele só foi me responder muito mais tarde. Tudo o que fez foi pedir pra que eu participasse também caso Maman e Baba ligassem pra ele.
A ligação não deu muito certo.

Sala de interrogatório 37

Amir
Eu não vou falar sobre aquela ligação.

Sala de interrogatório 39

Afshin Azadi

A minha relação com o Amir? Minha relação com meu filho é boa. Ele sempre foi muito inteligente, um menino responsável e prático, então toda essa fuga foi algo bem fora do comum. A briga no avião também foi fora do comum. Esse não é o Amir que eu conheço. O Amir que eu conheço... Sei que meu filho é forte. Mas me preocupo com ele na outra sala, se estiver sendo interrogado. Ele é sensível. Ele é – não quero dizer "fraco" agora, mas ele está passando por muita coisa, então você não deve levar tudo que ele fala ao pé da letra.

O senhor disse que, se tivesse que adivinhar, diria que eu também estou passando por muita coisa? Eu estou bem, senhor. Não diria que estou em um momento ideal, mas estou bem. Tenho tudo sob controle. Sou homem, e esta é a minha família. A situação pode estar difícil, bem longe de como eu gostaria que estivesse, mas estou bem.

Essas perguntas não têm nada a ver com o porquê de termos sido separados dentro daquele avião. Minha família só estava conversando. Só isso.

Quinze dias atrás

Mergulhei os dedos na fonte. Eu havia entornado um pouco de Prosecco na minha camisa antes de os meus pais ligarem, antes de eu me atrapalhar para atender, e achei que deveria tentar tirar a mancha.

— Onde você está? — meu pai perguntou ao telefone. — Por que você continua ignorando nossas ligações?

— Não importa — respondi, molhando a camisa que comprei ontem. A loja se chamava ovs; basicamente uma loja de departamento barata.

— Amir — ele disse, exausto. — Vem logo pra casa.

— Depois daquela última ligação? De jeito nenhum — eu disse, me levantando da borda de mármore da fonte. De canto de olho, observei Jahan e os outros em um banco no fim do parque, abrindo mais uma garrafa de Prosecco. Queria voltar para perto deles.

— Por favor. A gente pode resolver isso juntos — minha mãe disse. As mesmas palavras que ela havia usado na última ligação, aquela que terminou em barraco. Quanto tempo já havia se passado? Quatro dias? Cinco?

— *Resolver?* — cuspi a palavra.

— Podemos buscar ajuda — meu pai disse. — Você está confuso, nós entendemos...

— Eu não estou confuso! — gritei. Quase derrubei um garotinho italiano. — Eu já disse. Não estou confuso. Eu não poderia estar menos confuso. Não existe nem um único osso no meu corpo que esteja confuso.

— Sim, você está!

— Meu filho querido, me escuta. Sua vida vai ser muito mais difícil. Você não...

— Um segundo — eu disse.

Vi Jahan se aproximando com suas unhas pintadas com esmalte preto e acenando. Ele mexeu os lábios perguntando *Tudo bem?* e eu respondi com um *Sim*. Ele confirmou com a cabeça e me deu as costas.

Meu coração, de repente, estava acelerado. Jahan e os outros pareciam desconfiados agora.

— Eu tenho que ir — disse para os meus pais.

Dei um suspiro longo e arrastado, tentando tirar a expressão de raiva do rosto. Eu não deveria ter atendido, não depois da última ligação. Ótimo. Agora eu estava irritado novamente. Era como se eu tivesse derrubado uma caixa que dizia FRÁGIL: MANUSEIE COM CUIDADO.

Durante todo aquele tempo, eu conseguia imaginar perfeitamente como seria se eu voltasse para casa sem nem precisar do placar mental. Eu já havia lido histórias o bastante na internet para saber o que "Podemos *resolver* isso" queria dizer.

A esta altura, eu não iria embora da Itália por nada. Além do mais, eu tinha uma vida aqui.

Eu passava meus dias com Jahan. Tinha encontrado um apartamento para mim em Testaccio, a dois quarteirões deste parque onde ele e seus amigos gostavam de beber Prosecco durante o dia. Eu também estava passando mais tempo no Tiberino, o restaurante na Isola Tiberina, editando páginas da Wikipédia por dinheiro.

Eu estava um pouco nervoso em relação ao dinheiro. Havia terminado o trabalho para aquela empresa de criptomoedas três dias atrás e eles ainda não tinham mandado o dinheiro para minha conta no PayPal.

Mas valia a pena. Ficar até tarde da noite no Rigatteria, passar as tardes na Piazza Testaccio. Filmes com Jahan e seus amigos na sala de estar, música dos anos oitenta e vídeos de *RuPaul's Drag Race*.

Respirei fundo mais uma vez e marchei de volta em direção a Jahan e seus amigos no banco. Eu gostava dessa vida. Muito.

Antes mesmo que eu pudesse me sentar, Rocco me fez uma pergunta.

— Qual foi o lugar mais esquisito onde você já pegou alguém?

— Estamos jogando um jogo — Jahan explicou, me entregando um copo plástico com Prosecco. — Cada um tem que dizer o lugar mais estranho onde já fez sacanagem. Ou, pelo menos, uma *sacanagenzinha*.

Eu ainda estava desgastado da ligação com meus pais. Tomei um gole de Prosecco.

— Podem me pular? — perguntei.

Rocco revirou os olhos. Ele estava deitado no banco, olhando para o céu. Jahan, que estava ajoelhado ao lado dele com a garrafa de bebida na mão, abriu a boca para dizer alguma coisa, mas o interrompi.

— Acho que muitas vezes no carro — eu disse, me sentando ao lado dos pés de Rocco. — Com um cara, em específico. Ele estudava na minha escola.

— Isso é *tão* americano. E *tão* ensino médio — Rocco disse. — Sempre esqueço que você saiu da escola, tipo, ontem.

— Ele era seu namorado? — Neil perguntou gentilmente, com as sobrancelhas arqueadas.

Eu ri.

— Na verdade, não. Eu obviamente ainda não tinha me assumido, e ele também não, então na maioria das vezes a gente só dava uma escapadinha pra se pegar.

Comecei a sorrir e continuei:

— Inclusive, teve uma vez que eu e o Jackson, esse era o nome dele, decidimos ir ao cinema juntos. Era um grande passo para a gente. Não fomos ao cinema da nossa cidade, fomos pra um em Springfield, uma outra cidade que era um pouquinho longe, só pra garantir que ninguém da nossa escola pudesse nos encontrar. Era dia de semana e fomos ver *Jumanji*, aquele novo que estreou perto do Natal. Como já tinha estreado fazia algum tempo, a gente pensou que a sala de cinema não estaria tão cheia. Mas ficamos nervosos mesmo assim.

Jahan se aproximou, seus cotovelos apoiados no banco a alguns centímetros da minha cintura. Rocco apertou seus olhos castanhos brilhantes. Neil sorriu.

— A sala estava praticamente vazia, do jeito que a gente esperava. Ficamos na última fileira e depois de, sei lá, uns quinze minutos talvez, nos sentimos seguros o bastante pra darmos as mãos. Meu Deus, parando pra pensar, acho que aquele foi nosso primeiro encontro, sabe? Mas a questão não é essa. A questão é que a gente estava se beijando e se pegando e coisa e tal. Só que eu estava tão paranoico. Tinha sido minha ideia, é que eu queria fazer alguma coisa com Jackson que não envolvesse um veículo, mas fiquei surtando o tempo inteiro.

— Vocês transaram? — Rocco perguntou.

— Rocco, cala a boca — Neil sussurrou. — Continua, Amir.

Assenti.

— Foi aí que o Jackson percebeu alguma coisa. Ele olhou em direção ao corredor e, atrás da última fileira, havia um espaço de mais ou menos um metro entre o encosto dos assentos e a parede. Grande o bastante pra caber duas pessoas.

— Ai, meu Deus — Rocco disse, e Jahan quase o empurrou do banco.

Meu coração estava acelerado. Respirei fundo.

— Jackson olhou para aquele espaço, eu segui o olhar dele, e a gente ficou se encarando no escuro. Estávamos pensando a mesma coisa. Tudo que eu queria naquele momento era ter o Jackson em uma superfície plana. Não em um banco de carro nem numa poltrona de cinema. Então a gente foi.

Depois do parque, passamos no Mercato Testaccio, um mercado popular com barracas pequenas, vendedores corpulentos e muitos turistas. Precisávamos comprar alguns ingredientes para o jantar – macarrão, vegetais, carnes e queijos.

Jahan parecia conhecer todos os vendedores. Toda vez que parávamos para pegar alguma coisa, ele batia um papo com a pessoa da barraca. Eles nunca deixavam ele pagar. Ele puxava a carteira e o vendedor balançava as mãos, os dois ficavam nesse vai e vem até que o dinheiro finalmente fosse aceito. Me lembrava a batalha para pagar a conta toda vez que minha família saía para jantar com outra família iraniana. Soraya e eu nunca entendíamos por que não podiam simplesmente rachar a conta. Quer dizer, sabíamos o *porquê*, mas ainda assim.

Atravessamos o rio até o apartamento de Jahan para fazer o jantar juntos. Jahan precisou dar um pulo na rua para comprar vinho e Neil estava preparando a salada em outro cômodo, o que me deixou preso com Rocco na cozinha minúscula.

Comecei a abrir a embalagem do macarrão que compramos no mercado. Rocco balançou a cabeça.

— Não, você precisa ferver a água antes.

— Eu sei — respondi. Procurei o que eu precisava pela cozinha. Eu ainda estava um pouco irritado por causa da ligação com meus pais. Rocco soltou um suspiro barulhento e se abaixou para pegar uma panela em um dos armários.

— Aqui. Enche essa panela com água — Rocco disse.

Peguei a panela e fui enchê-la na pia.

— Está bom assim — ele disse, desligando a torneira. Rocco tomou a panela das minhas mãos e a colocou no fogão. Ele girou o botão. *Clique, clique, clique,* fogo.

Passei para o outro lado e comecei a abrir uma lata de molho de tomate no balcão. Rocco me observava de canto de olho enquanto eu removia a tampa metálica.

— Não vai derrubar o molho — Rocco me disse. — A faxineira do Giovanni levou horas pra limpar tudo quando você derrubou aquelas almôndegas.

A água ainda não estava fervendo, mas meu sangue estava. Desde quando dei um fora nele, Rocco começou a me tratar com antipatia, mas naquela noite ele estava em outro nível. Eu estava sem paciência para aquela merda.

— Como estão as coisas com você e o Giovanni? — perguntei.

— Estamos ótimos. — Rocco tirou a lata da minha frente e despejou o molho dentro de outra panela sobre o fogão. — E como *você* está?

— Já estive melhor — respondi.

— Fiquei sabendo que você arrumou um apartamento em Testaccio. Quer dizer que você mora aqui agora?

Dei de ombros.

— Acho que sim. Ainda não tenho certeza se vou ficar com o apartamento. Não assinei nenhum contrato. O proprietário é um amigo do Francesco, acho. Só paguei o aluguel e um depósito caução e peguei as chaves. Isso é comum?

— Na Itália, sim — Rocco pegou a garrafa de azeite de oliva e despejou um pouco dentro da panela, mas algumas gotas escorreram e caíram em sua camisa branca. — *Cazzo!* — ele gritou.

Entreguei um pedaço de papel toalha a ele.

— Tenho certeza de que a faxineira do Giovanni vai conseguir limpar — eu disse com um sorriso debochado. Não consegui resistir.

Rocco sacudiu a cabeça.

— Essa camisa não é minha.

— Giovanni parece ter muitas camisas, não é? Ele não vai ligar. — Eu fiquei confuso. Achava que Giovanni e Rocco eram podres de ricos. Qual seria o problema de estragar uma simples camisa?

Rocco estava prestes a dizer alguma coisa, mas fechou a boca.

— Sim, Giovanni tem *muitas* camisas. — Ele se inclinou sobre o balcão e começou a esfregar a mancha com o papel toalha. Então olhou para mim. — É muito aleatório você estar aqui.

Eu *realmente* estava sem paciência para aquela merda.

— Posso sair, se você preferir.

— Não foi isso que eu quis dizer — ele respondeu, como se eu tivesse acabado de dizer algo ridículo. — Quero dizer em Roma. Eu gostaria de saber um pouco mais sobre você, de onde você veio. Você é um estranho. Acho que o Jahan é assim mesmo, ele gosta de acolher os perdidos, mas só estou comentando que é muito aleatório.

Disse o adulto que faz arte com macarrão. Antes que eu pudesse dizer alguma coisa da qual me arrependeria depois, Neil se espremeu para dentro da cozinha.

— Cara, a salada vai ficar tão boa. Pera e rúcula com nozes e parmesão ralado. — Ele pegou o sal, a pimenta e uma colher de pau no balcão. — Ah, eu ouvi a conversa de vocês lá da sala e só quero dizer uma coisa, Rocco, nem todo mundo nasceu em Roma como você. Algumas pessoas vêm de outros lugares.

Rocco puxou a colher de pau da mão de Neil e mexeu o molho de tomate.

— Sim, mas existe uma diferença entre vir de Milão porque sua carreira de modelo não deu certo e aparecer aqui do nada, como o Amir.

— Eu não fui pra Milão pra ser *modelo* — Neil disse, cuspindo a última palavra. — Fui pra Milão por causa de um *cara*, fiz alguns trabalhos como modelo e, quando as duas coisas deram errado, vim pra Roma.

— Porque é exatamente disso que Roma precisa — Rocco disse. — Mais americanos.

— Você tem algum problema com americanos? — perguntei.

Rocco bufou.

— Não tenho problema nenhum. Não sei por que vocês acham que eu tenho algum problema.

— Ah, sim, esse cara não tem problema *nenhum* — Neil riu. — Cadê o Giovanni hoje, Rocco? Ocupado de novo?

Rocco estreitou os olhos para Neil.

— Sim, ele está ocupado. Cada um tem sua própria vida. Um conceito absurdo. O amor pode ser uma doença quando é muito intenso, sabe?

Agora era Neil quem encarava Rocco de volta. De repente, a porta do apartamento se abriu e Jahan chegou. A cozinha estava cheia agora. Jahan colocou as duas garrafas escuras de vinho no balcão e nos olhou, farejando o ambiente e franzindo a testa. Eu tinha certeza de que o cheiro de tensão estava tão forte quanto o do molho de tomate.

— *Allora...* — Jahan disse, se enfiando entre Neil e Rocco. — Eu não vejo vocês dois próximos assim desde... bom, enfim. Neil, a salada parece ótima. Suas saladas são sempre deliciosas.

Neil sorriu e saiu da cozinha, chacoalhando os ombros.

Rocco suspirou. Ele parecia aliviado por não ter mais Neil em cima dele. Jahan jogou um braço ao redor dos ombros de Rocco, com animação.

— Lembra daquele bolonhesa maravilhoso que sua mãe costumava fazer para a gente, Rocco? Ainda sonho com aquele prato. Sonhos cremosos, temperados e deliciosos.

— Jahan olhou para a panela de água no fogão. — Acho que esse macarrão vai ser do mesmo nível, não é?
Então ele se virou para mim.
— Ei, Amir. A água está fervendo.

Quatorze dias atrás

Era uma típica noite fria italiana. Sobre o terraço do Rigatteria, o céu brilhava cheio de estrelas. Havia janelas quebradas e móveis antigos espalhados por todo o grande deque de madeira. Na minha última aula de italiano, Francesco me explicou – com ajuda do Neil, que traduzia seu inglês enferrujado – que o Rigatteria foi construído ao lado de uma montanha chamada Monte Testaccio, que costumava ser o lugar onde os romanos antigos jogavam fora suas jarras de azeite. Estávamos dando uma festa em cima de milhões de cacos antigos estilhaçados.

Quando cheguei, cerca de quinze pessoas se revezavam para destruir uma pinhata. Não vou descrever detalhadamente a pinhata, mas posso dizer que era excepcionalmente fálica.

Enquanto isso, Jahan estava tentando convencer um grupo de italianos de que gorgonzola é o queijo mais gay de todos.

— *Ascoltami* — ele disse, percebendo minha chegada pelo canto do olho. — *Sembra che tu stia succhiando un cazzo quando lo dici*. Gorrrrgonnnzzzoollllaaaaa. — Ele prolongou a palavra, fazendo um gesto sexual com a mão e a boca.

— Gorrggonnzoolaaa — um dos garotos disse.

— Gorrggohhrrrhgghhh — disse uma garota com mechas cor-de-rosa no cabelo. Ela praticamente se engasgou com a palavra. Jahan me explicou o que estava acontecendo e eu concordei que, apesar de nunca ter me questionado sobre a orientação sexual de queijos, depois daquele debate, realmente passei a acreditar que gorgonzola é o mais gay de todos.

Procurei por Neil e Francesco. Entre a pinhata-pênis e a discussão sobre gorgonzola, aquele não parecia muito o clima certo para um pedido de casamento. Por outro lado, eu já deveria ter me acostumado com o jeito como os gays misturam bobagem com assunto sério. Aquele parecia ser o ritmo da minha vida nos últimos dias.

Depois que os doces e camisinhas que explodiram de dentro da pinhata foram recolhidos, Francesco saiu detrás do bar. Todos se reuniram ao seu redor.

Francesco falou em italiano – rápido, nervoso, trêmulo –, mas não precisei de tradução quando ele se ajoelhou. O jeito como ele olhou Neil nos olhos quando fez o pedido, o jeito como Neil colocou a mão no peito enquanto ele fazia e o jeito como ele gritou uma das poucas palavras em italiano que eu sabia, *si*, me deixou extremamente emocionado. Todos estavam.

Todo mundo pegou o celular para registrar o momento. Eu também teria pegado o meu, mas a câmera não era muito boa. Eu estava usando um Android antigo que Jahan havia me dado mais cedo naquele dia. Depois da última ligação com meus pais, decidi descartar meu número dos Estados

Unidos e arrumar um italiano. Não compartilhei aquele número com ninguém da minha família.

Enquanto Jahan e Neil e Francesco, todos os seus amigos e familiares tiravam fotos e comemoravam, me dei conta de uma coisa. Eu estava muito feliz por Neil e Francesco. Pensei que, talvez um dia, eu também poderia encontrar a felicidade.

Mais tarde, encontrei Neil no meio da multidão. Ele passou os braços em volta do meu pescoço, me puxando para um abraço como se fossemos melhores amigos ou qualquer coisa do tipo. Neil tropeçou; ele estava mais do que um pouco bêbado. Eu o segurei. Empolgado pelo pedido de casamento, pela energia do momento, eu disse *"Auguri"* – o canivete suíço do vocabulário italiano, que pode significar várias coisas, mas, nesse caso, queria dizer *parabéns*. Ele sorriu.

— Você tem estudado — Neil disse.

— Sim — respondi, e mal dava para acreditar que estávamos tão próximos momentos após ele ter aceitado um pedido de casamento.

Neil parecia ter se sentido da mesma forma.

— Valeu, cara — ele disse. — Espero te ver no casamento, viu?

Saí do abraço com uma expressão abobalhada. Fiquei perplexo que Neil, o professor gostoso dos meus sonhos, havia me convidado para seu casamento. Não me senti nem um pouco de coração partido. Aquilo não arruinou minha fantasia. Não havia fantasia. Percebi que aquela amizade era muito melhor.

Minha energia estava cada vez mais alta. Os pisca-piscas pendurados ao redor do terraço projetavam um brilho aconchegante. Mais pessoas começaram a encher o espaço enquanto dançavam. O amor estava no ar.

Bastões de neon estavam no ar também. Jahan foi até o andar de baixo e voltou com uma caixa cheia deles. Ele abria um pacote e balançava os bastões com força antes de jogá-los para o alto, iluminando o céu como fogos de artifício.

Peguei um dos bastões e desci as escadas para ir ao banheiro. Eu estava sóbrio, mas me sentia mais bêbado do que nunca.

A temperatura do porão parecia ser oito milhões de graus celsius negativos, mas eu ainda me sentia quente e leve por dentro. Mesmo com a fila enorme, minha prioridade não era aliviar a bexiga, e sim criar uma pulseira com o bastão de neon, unindo as duas pontas com aquele negocinho de plástico. Mesmo estando relativamente sóbrio, fechar a pulseira em volta do pulso parecia uma missão impossível.

— Aqui, deixa eu te ajudar. Ninguém consegue fazer isso sozinho — alguém disse.

Atrás de mim, um garoto com cabelo castanho e cacheado me ofereceu ajuda. Ele parecia extremamente alto, mas era porque estava um degrau acima do meu na escada. Quando desceu, percebi que era apenas alguns centímetros mais alto do que eu. Seus olhos eram caídos e gentis. Do tipo que parecem cansados, mas de um jeito fofo. Ele pegou a ponta do bastão enquanto eu segurava o fecho de plástico, e, quanto a pulseira fechou, ele pressionou o polegar contra o meu pulso.

— Pronto — ele disse.

— Obrigado — respondi.

Eu pretendia me apresentar, fazer alguma coisa além de ficar parado ali sorrindo feito um idiota para o chão, mas o banheiro ficou livre. Então entrei. Quando saí, o garoto não estava mais lá, então voltei para o terraço.

Me juntei a Jahan, Rocco e Giovanni na pista de dança. Percebi que o garoto da fila do banheiro estava em uma mesa pequena, ao lado do bar.

— Quem é aquele? — perguntei para Jahan por cima da música; era pop e italiano, e todo mundo estava cantando junto.

— Aquele é o Valerio — Jahan disse. — Primo do Francesco. Acho que ele é estudante ou algo assim. Parece que ele está vendendo as fichas das bebidas. — Ele me cutucou com o cotovelo. — Se interessou, Amir?

Não respondi, mas decidi que precisava de uma bebida.

Enquanto eu caminhava até ele, meu coração acelerou novamente, assim como aconteceu no porão. Ele, Valerio – que ainda não havia se apresentado para mim e, até onde eu sabia, talvez não tivesse flertado comigo no porão e só quis genuinamente me ajudar a colocar a pulseira –, estava de pé na frente de uma mesa pequena com uma caixa de dinheiro feita de metal. Ele, Valerio – o primeiro garoto em quem eu ia dar em cima na minha vida, já que, tecnicamente, foi Jackson que me abordou –, estava conversando com uma garota italiana extremamente atraente. Ele, Valerio – descendente de Júlio César e Michelangelo e Al Pacino e...

Certo, já deu para entender. Eu estava nervoso. Minha cabeça estava a mil.

Mas então Valerio fez algo inesperado, algo que automaticamente aliviou todo o medo que estava em polvorosa dentro da minha cabeça: ele desviou o olhar da garota italiana superbronzeada, olhou para mim e sorriu.

Valerio pegou uma ficha vermelha e estendeu o braço sobre a mesa. Seus olhos apontavam para baixo. A garota riu e disse alguma coisa em italiano enquanto olhava para mim. Só então me dei conta de que os dois estavam esperando que eu pegasse a ficha.

Balancei a cabeça e a peguei. No bar, pedi um Aperol Spritz, que era doce e refrescante.

Alguém cutucou meu ombro.

— Oi, menino do banheiro.

Virei para responder, mas Valerio já havia dado a volta e estava ao meu lado no balcão do bar. Ele mal tinha sotaque italiano.

— Obrigado p-pela bebida de graça — eu agradeci.

— Foi um prazer — ele respondeu e, sim, agora ele tinha sotaque. Ou será que estava se esforçando muito para parecer que não tinha?

— Como você sabia que eu não falo italiano? — perguntei.

— Porque você gritava em inglês toda vez que não conseguia acertar o fecho da pulseira — Valerio respondeu. Minha nossa, aqueles olhos eram muitos fofos. Verdes azulados.

Fiquei vermelho.

— Você não vai perguntar meu nome? — ele disse.

— Uhumm — murmurei, tomando um gole longo da bebida.

— Valerio.

— Amir — eu disse. Atrás dele, Giovanni estava pedindo um drinque no bar. Ele piscou na minha direção.

— Então... você vende as fichas de bebida? — perguntei a Valerio.

— Sim, mas meu turno já acabou.

— Não estou vendo ninguém lá — eu disse. — Isso significa que as bebidas são de graça a partir de agora?

— Bom, espero que sim. Deus sabe que eu não posso pagar por elas — Valerio disse.

— Com um emprego desses eu achei que você fosse ricaço.

Valerio me deu uma cotovelada.

— Tenho quatro empregos como esse em outros bares e restaurantes em Testaccio, e ainda não sou, como você diz, "ricaço".

Descobri que Valerio estudava na Sapienza em Roma. Ele havia acabado de concluir o primeiro ano do curso de Latim, uma área muito lucrativa.

— Quer dizer que você é um nerd, então — eu disse.

— Na verdade, sou bem burro.

— Aposto que, se eu pesquisar sua faculdade agora, provavelmente vou descobrir que é a melhor da Itália.

Valerio coçou a nuca e eu, imediatamente, peguei meu celular. Ele tentou tomar o aparelho de mim, mas consegui abrir a página da Sapienza na Wikipédia.

— Viu só? — gritei, me contorcendo para manter Valerio longe do meu celular. — Aqui diz "uma das universidades italianas de maior prestígio, comumente ranqueada em primeiro…"

— Certo, certo — Valerio riu. Olhei para trás e vi Jahan e os outros observando nossa briguinha pelo celular.

Depois que o bar fechou, Valerio sugeriu que continuássemos nossa conversa em um sofá no canto do terraço. Onde nossas cinturas se tocaram. E depois nossas pernas se entrelaçaram. A pista de dança estava quase vazia, já era mais ou menos cinco da manhã.

— Tenho que ir — Valerio disse. — Mas gostei de você. Você é engraçado. Me passa seu número.

Passei meu número. Nós não nos beijamos, mas isso talvez tenha sido culpa minha, porque fiquei muito distraído quando vi que meus amigos já estavam todos juntos no andar de baixo.

Dei tchau para Valerio e desci as escadas correndo para o salão de antiguidades italianas, onde meus amigos haviam se reunido em um sofá no fundo da loja – parecia a cabine de um navio, com o teto alto e curvo, extremamente profundo. Neil estava abrindo uma garrafa de Prosecco e Jahan observava uma coleção de discos de vinil em um armário empoeirado ao lado das poltronas.

— Whitney Houston! — Jahan gritou.

— Madonna! — Neil disse com empolgação, enquanto arrancava a rolha da garrafa.

Ele serviu a bebida em taças enfileiradas, e brindamos àquela noite.

Sala de interrogatório 38

Soraya
Eu precisava saber pra onde o Amir tinha ido. Eu já tinha estragado tudo quando contei a verdade para os meus pais. Amir deve ter bloqueado a gente ou qualquer coisa assim, porque depois de alguns dias de ligações infinitas – e gritos infinitos – ele parou de atender nossas chamadas. As ligações nem completavam mais. Iam direto para a caixa postal.

Onze dias atrás

Quando toquei a campainha, pude ouvir os cachorros latindo enquanto Neil gritava com eles.

— Mina! Firenze! *Calmatevi!*

A maçaneta girou.

— Um segundo — Neil pediu. Ele abriu a porta, os cachorros pulando em volta dos seus pés. — Oi! Pode entrar — ele disse.

Hoje a aula seria no apartamento de Neil porque eu queria conhecer os cachorros. Achei que ele levaria os dois até o Rigatteria, mas Neil tirou um dia de folga da livraria e perguntou se eu poderia encontrá-lo em seu apartamento.

Neil e Francesco moravam em um bairro chamado Pigneto (a pronúncia é pin-yeto; durante nossa primeira aula, Neil havia dito que em italiano se pronuncia cada letra. Acabei descobrindo que aquilo era uma grande mentira). Cheguei lá pegando um bonde de Trastevere para Porta Maggiore, um portão gigante e antigo que costumava ser parte da Muralha Aureliana e agora era uma grande rodovia.

O apartamento de Neil era muito mais legal do que o de Jahan. Era arejado, com um balcão comprido e muitas peças de arte antigas espalhadas. Estudamos no sofá da sala de estar, nossos cadernos espalhados sobre uma mesa de centro que parecia um baú do tesouro. O sofá era velho e o assento afundava, o que significava que sua cintura estava colada na minha e, às vezes, nossos joelhos se esbarravam. Mas não surtei como era de esperar. Algumas semanas antes, se você colocasse esta equação na Calculadora dos Caras Gostosos – galã misterioso que trabalha em uma livraria multiplicado por aulas intimistas de italiano –, o resultado seria ERRO: CÁLCULO IMPOSSÍVEL. Dividido por uma aula no apartamento dele? HAHA: TENTA OUTRA.

Naquele dia, porém, estava tudo bem. Fiquei de boa. Além do mais, eu tinha um encontro marcado com Valerio mais tarde. Um encontro de verdade. Meu primeiro encontro de verdade. Ele havia perguntado, depois daquela noite no Rigatteria, se poderia me levar para jantar.

Quando contei para Neil, ele ficou surpreendentemente empolgado.

— Arrumamos um garoto italiano pra você! — ele exclamou. Até os cachorros comemoraram. Neil traduziu para Francesco o que eu havia acabado de contar e, no meio da frase, Francesco ergueu as sobrancelhas e sorriu. Ele respondeu em italiano:

— Agora você já é da família — Neil traduziu para mim.

Passamos o restante da aula estudando palavras em italiano relacionadas a amor e sexo. Francesco também participou. Eles eram como meus tios gays, me preparando para meu primeiríssimo encontro.

Quando eu já estava me encaminhando para a porta, Neil me ensinou mais uma frase.

— *In bocca al lupo* — ele disse, dando um tapinha no meu ombro. — Significa "boa sorte". Tecnicamente significa "na boca do lobo", mas a língua italiana tem muitas frases esquisitas assim. Você tem que responder *"crepi"*, que basicamente significa "que o lobo morra".

Balancei a cabeça.

— Italiano é um idioma esquisito.

Do lado de fora, encontrei Valerio encostado em uma motocicleta. Elogiei sua técnica de encontrar um veículo maneiro para ficar encostado e fazer pose, e ele riu.

— Não, essa moto é minha.

Fiquei boquiaberto por um instante.

— Eu não vou subir nessa coisa — respondi.

Valerio franziu a testa.

— Ah, sem essa, é seguro! Eu piloto desde que tinha a sua idade.

— Então você dirige há dois anos. Nã-na-ni-na-não. Não vou subir nessa moto.

— É uma scooter.

— Quando você disse que vinha me buscar, achei que vinha a pé ou, na melhor das hipóteses, de carro...

— Não especifiquei o jeito como eu ia te pegar — ele disse, sorrindo. Não sei se essa era sua intenção, mas foi impossível não dar um teor sexual para aquela frase. *O jeito como eu ia te pegar.* E só bastou isso para que eu subisse naquela moto-scooter ou sei lá que coisa era aquela. Meu Deus, como eu sou fácil.

Valerio apontou para as alças de segurança abaixo do assento do passageiro.

— Você pode segurar firme nessas alças aqui, ou pode se segurar firme em mim.

— Uau, essa cantada eu nunca ouvi — eu disse.

Coloquei o capacete. Valerio acelerou aos poucos rua abaixo. Fui me acalmando; não era tão diferente assim de dirigir um carro. Até que, *opa*, a primeira curva pareceu um golpe de karatê contra o ar, o que me fez apertar a cintura dele com mais força.

Cortamos pela rodovia. Toda vez que passávamos por um buraco, meus dedos apertavam com mais força a cintura de Valerio, e ele morria de rir. O vento balançava minha camiseta.

— Espero que sua roupa não saia voando — Valerio disse.

Ele estava falando! Como se fôssemos apenas dois passageiros normais em um passeio normal de carro.

Valerio estacionou a moto – quero dizer, a scooter – e eu me atrapalhei para sair dela, com uma perna levantada no ar como se eu estivesse considerando dar um chute em alguém. Minhas pernas tremiam quando tocaram o chão.

Tirei o capacete e Valerio riu.

— Você tinha que ter afivelado — ele disse.

— O quê? Não tinha nenhum cinto de segurança — eu disse, apontando para o assento. — Achei que *você* fosse o cinto de segurança.

— O capacete — ele disse. — Você não afivelou. Eu estava indo devagar pra que ele não caísse da sua cabeça. Mas, se eu tivesse acelerado só mais um pouquinho, teria saído voando.

Eu tinha sérias dúvidas se *aquilo* tinha sido realmente devagar, mas sorri com a possibilidade de talvez um dia andar mais rápido com Valerio.

Ele me levou a um restaurante a céu aberto em Garbatella, um bairro meio pitoresco não muito longe do agito de Trastevere. Havia casas de verdade lá – não muito diferentes das casas coloniais de Maryland, onde eu cresci –, com quintais, portões e caixas de correio. Só que eram mais coloridas. Menos tijolos, mais cores. É assim que eu resumiria a arquitetura de Roma, se me perguntassem.

Ele fez nosso pedido assim que nos sentamos, dizendo uma longa frase em italiano com algumas que eu reconhecia, tipo *spaghetti* e *bruschetta* e *tiramisù*. Perguntei a Valerio se era para lá que ele levava todos os garotos estadunidenses que ele pegava às duas da manhã. Isso acabou levando à história do seu primeiro e único relacionamento com um garoto de classe alta que ele conheceu durante a terceira semana de aula na faculdade.

— Eu achava que ele seria meu *amore* — Valerio disse, dando a última garfada no nosso *primi*, a massa com molho vermelho mais deliciosa que eu já havia provado em toda a minha vida. — Eu não estava esperando que a gente fosse terminar. Fiquei arrasado.

Pensei que isso significava que Valerio também era virgem, até ele me contar sobre tudo que aconteceu depois.

— Fico muito sensível quando pessoas que eu gosto desaparecem. É a minha parte mais italiana. Somos muito emotivos. — Ele fez uma pausa. — Pode-se dizer que eu tenho um trauma.

— Nos Estados Unidos a gente chama isso de *ghosting* — eu disse.

— Sim, tenho muito medo de fantasmas — Valerio riu, provavelmente muito orgulhoso por ter feito uma piada sobre relacionamento e Halloween ao mesmo tempo. Mas sua expressão ficou sombria. — Depois que eu e meu *amore* terminamos, ele parou de falar comigo. Então numa sexta-feira eu saí com meus amigos e conheci um garoto que me deixou nas alturas. Ele caminhou até o bar em minha direção, e eu achei que tinha alguém bonito atrás de mim, então me virei. Mas ele queria falar *comigo*. Ele disse *"Un bel regazzo"*, que rapaz bonito, com tanta confiança.

O garçom parou na nossa mesa para nos servir o *secondi*. Valerio disse *"grazie"*, sinalizando para que eu provasse o prato, e, enquanto comia uma fatia fina de vitela que derretia na boca, pedi que ele continuasse a história.

— Ah, ele também era muito bonito — Valerio disse com seu olhar perdido no passado. — Cabelo loiro de sol, um bronzeado mediterrâneo. Era difícil imaginar um homem mais atraente. Alguns minutos depois já estávamos nos beijando. Meus amigos foram embora e me deixaram com ele. Acho que seu nome era Alessio. Vou te poupar dos detalhes, mas, enquanto caminhávamos para o apartamento dele, que ficava a alguns quarteirões do bar, ele comprou uma rosa para mim, de um daqueles vendedores ambulantes. Uma rosa! Como eu estava bêbado e de coração partido naquela noite, acabamos dormindo juntos. Ele foi carinhoso. Muito gentil. Na manhã seguinte, voltei pra casa andando, mais feliz do que jamais havia sido com meu *amore*. Senti esperança. Me senti desejado.

Eu sabia onde aquela história ia dar, então meu rosto ficou sombrio também.

— Ele nunca mais mandou mensagem — eu disse. — Né?

Valerio abaixou a cabeça, olhando para a mesa.

— Pois é. Outro fantasma. Doeu demais.

Tomei um longo gole de vinho tinto. Era impossível não pensar em Jackson e em como eu provavelmente o magoei da mesma forma quando decidi cortá-lo da minha vida daquele jeito.

— Sinto muito, Valerio — eu disse.

— Tudo bem — ele respondeu, e então ergueu sua taça.

— Nada que um pouquinho de vinho não resolva.

— *Salute* — eu disse.

— Tim-tim — ele disse, suspirando.

A sobremesa era doce, macia e recheada de chocolate. O brilho das luzes espalhadas ao redor do restaurante ficou mais forte. Voltamos aos tropeços para a motocicleta de Valerio – eu, pelo menos. Valerio bebeu só uma taça; eu terminei a garrafa. Achei que a noite já havia terminado, mas Valerio passou direto pelo meu bairro e continuou subindo e subindo pela estrada até chegarmos à vista mais incrível de Roma.

A área parecia uma praça – uma *piazzale*, como Valerio chamava – e ficava bem no alto, como um observatório a céu aberto. Grupos de pessoas, a maioria da nossa idade, se reuniam em volta das muretas, bebendo e aproveitando a paisagem.

— *Piazzale* — eu disse, arrastando a palavra. — É como uma *piazza*, só que mais alta?

Valerio pensou por um momento.

— Mais ou menos. Uma *piazza* é cercada de prédios por todos os lados. Uma *piazzale* tem um lado livre de construções — ele disse, apontando para a vista.

— Então é tipo uma península — eu disse.

— O quê?

— Uma ilha é cercada de água por todos os lados — expliquei. — Já uma península tem um lado que se conecta com a terra.

Valerio ainda parecia confuso.

— Não é uma península. É uma *piazzale*.

Eu ri.

— Você é um *piazzale*.

Ele deu de ombros.

— Se você diz.

Conseguimos um espaço na mureta de pedra e ele apontou algumas das maravilhas de Roma no horizonte: a Basílica de São Pedro, o Coliseu, o Fórum Romano e, ao lado dele, a pista de corrida de bigas que já tinha dois mil anos.

— Meus amigos de Roma dizem que eles costumavam ir até lá pra beber e se pegar quando estavam no ensino médio — Valerio me contou.

— De onde eu venho, os alunos do ensino médio bebem e se pegam em parques escuros, não em pistas de corrida da Roma Antiga — comentei.

Valerio riu, chegando mais perto de mim na mureta. Ele se inclinou em minha direção para sussurrar no meu ouvido.

— Eu te pegaria em qualquer lugar. Pista de corrida, parque escuro, tanto faz — ele disse, seu hálito quente fazendo cócegas na minha orelha.

Me afastei.

— O que houve? — Valerio perguntou.

Fiquei nervoso enquanto olhava em volta pela *piazzale*. Havia muita gente lá e, apesar de duas meninas que pareciam estar juntas, a maioria eram casais héteros.

— Nada, não foi nada — respondi com um sorriso forçado.

Continuamos sentados e conversando por um tempo, e ele me deu uma carona até meu apartamento. A viagem de moto era ainda mais assustadora e ameaçadora no escuro. Ele me ajudou a descer da scooter.

— Você mora sozinho? — ele perguntou.

— Sim — eu disse. — Mas eu meio que sinto saudades de morar com o Jahan. Fiquei no sofá dele por alguns dias quando cheguei em Roma.

— Que legal da parte dele — Valerio disse, balançando os braços.

— Ele tem sido muito querido comigo — eu disse, balançando os meus. — Ele...

Antes que eu pudesse terminar a frase, Valerio agarrou meus cotovelos e me puxou para perto, tocando meus lábios com os seus.

Fiquei imóvel.

Devo ter parecido horrorizado, porque Valerio fez uma cara triste na mesma hora. Foi exatamente como aquela fração de segundo no carro com Jackson, na primeira vez que a gente se beijou, quando eu me afastei. Valerio começou a gaguejar, dizendo que precisava ir embora.

— Não — implorei. — Desculpa.

— Desculpa pelo quê? — ele perguntou, confuso.

O fato de estar um pouquinho bêbado e ter um lugar só meu fez com que eu me perguntasse a mesma coisa. Desculpa pelo *quê*?

— Quer subir? — perguntei com um sorriso de meia boca.

Valerio parou, olhou para mim, completou meu sorriso e assentiu.

Me atrapalhei com a chave gigante até finalmente acertar o buraco da fechadura. Não estou fazendo nenhuma alusão aqui. Só estou contando um fato. Então nos jogamos na cama. Fato. Valerio me beijou como um marinheiro habilidoso tentando amarrar o nó mais perfeito no meio do oceano. Agora, sim, subjetividade, nada factual.

Valerio tirou a camisa. Fato. Havia um piercing prateado e brilhante atravessando seu mamilo direito. Fato.

Lembra daquela história do mamilo que Jahan contou? Aquela que eu mencionei, mas estava esperando a hora certa para contar?

A hora chegou. Nosso destino está à direita.

Quando vi o piercing brilhante de Valerio, lembrei imediatamente da história de Jahan: um amigo dele foi para casa com um DJ descolado, com tatuagens, piercings, a coisa toda. Eles tiraram a roupa, e o DJ tinha um piercing em um dos mamilos, então o amigo de Jahan começou a chupar o mamilo porque, aparentemente, as pessoas fazem isso. Ele estava gostando, então continuou chupando. Foi quando sentiu alguma coisa estranha com a língua e se afastou – *deve ser só um pelo, acontece*. Mas, quando ele passou o dedo na língua, não havia nada lá, até que ele percebeu uma coisa pendurada no mamilo rosado do cara, um fio branco. E foi aí que tudo fez sentido.

Ele estava chupando o nervo do mamilo do cara.

Quando o DJ descolado viu, ficou tipo: "Ah, de boa, isso sempre acontece." E ele empurrou.

O nervo.

De volta.

Para dentro.

Repassei a história inteira na cabeça, com Valerio na minha cama, sem camisa. Foi como uma cena de filme.

— O que foi? — ele perguntou, sem desviar o olhar de mim.

Balancei a cabeça.

— Nada.

Eu e Valerio nos beijamos mais um pouco. Evitei completamente a área peitoral, focando mais na sua cintura, assim como eu já tinha feito mais cedo quando estávamos andando na sua *motoscootertroço*. Em um certo momento, Valerio passou os dedos delicadamente pelo meu cabelo, e aquele pequeno ato me lembrou o Jackson – de como ele costumava fazer a mesma coisa, e eu fazia com ele também. De como às vezes eu acabava encontrando fios loiros do cabelo dele no meu casaco e de como aquilo me fazia sorrir.

Alguns momentos depois, peguei no sono.

Sala de interrogatório 38

Soraya
Amir pode ter brigado com os nossos pais pelo telefone, mas eu era quem estava lidando com eles pessoalmente. Depois de todas aquelas ligações, eu continuava de onde o meu irmão havia parado e brigava com meus pais, defendendo o Amir. Era muita gritaria. Bem exaustivo. Juntando o drama nos ensaios de Cats e o drama em casa, eu já estava ficando cansada.

Continuei procurando por Amir. Voltei ao shopping atrás de Jake. Eu passava lá quase todo dia. Um dia simplesmente surtei. "Sério, é deprimente como você fica aqui todo dia", eu disse a ele com raiva. "É isso que você quer fazer pelo resto da sua vida?"

Jake ficou claramente magoado. "Se Amir tivesse me dado o dinheiro, eu não estaria aqui fazendo p... nenhuma." Eu não posso repetir a palavra que ele disse na frente da minha mãe, mas posso dizer que a minha cara ficou bem parecida com a dela agora.

Percebi que aquele garoto estúpido tinha chantageado meu irmão. Ele tentou inventar umas desculpas pra mim – se Amir *tivesse dado o dinheiro, ele poderia pagar pela faculdade, e o segredo de Amir continuaria guardado, e os dois estariam bem melhor agora –, mas eu só balançava a cabeça. "Você é um covarde", eu disse a ele.*

Quis ir embora de lá, mas não fui. Pensei que, talvez, Jake soubesse de alguma coisa. Perguntei de onde ele tinha tirado aquela ideia de que meu irmão ganhava dinheiro com a Wikipédia, e Jake disse que tinha visto Amir editando algumas páginas no começo do ano letivo. Eu perguntei: "E o Jackson? Você chantageou ele também?", e Jake olhou pra mim como se eu tivesse enlouquecido. Começou a falar sobre como os Preachers eram pessoas de bem e que fizeram muitas coisas boas pela comunidade. Revirei os olhos. "Você não se aproveita dos Preachers, mas se aproveita do novato muçulmano", eu disse. "Entendi."

Àquela altura eu já estava pronta pra ir embora quando perguntei uma última coisa: "Qual página o Amir estava editando?" Jake riu e disse que era a página de Real Housewives of New Jersey. *Perguntei o motivo da risada e ele disse não, deixa pra lá, e eu disse não, me conta. E ele contou que ele e Ben costumavam brincar que deveriam ter concluído que o Amir é gay quando o pegaram editando aquela página. Eu disse a Jake que ele era um idiota e mandei ele se foder.*

Opa. Desculpa o palavrão, mãe.

Quando cheguei em casa, fui direto para o computador e abri o histórico de edição da página de Real Housewives of New Jersey, *procurando pelas datas próximas ao início do ano letivo. Descobri o nome de usuário do meu irmão na Wikipédia. Ele havia editado páginas recentemente, no dia anterior. Ele havia editado várias páginas em Roma.*

Dez dias atrás

Eu estava morrendo de vergonha quando acordamos na manhã seguinte.

— Sério, não se preocupa — Valerio insistiu.

— Mas eu caí no sono enquanto a gente se beijava — resmunguei, esfregando os olhos de tanto sono. Minha cabeça parecia pesada e minha mente estava nas nuvens. Enquanto isso, Valerio estava apenas deitado ao meu lado sendo perfeito. — É só que... *uggghh*.

Valerio se inclinou para a frente e deu um beijo na minha testa.

— Acontece — ele disse.

Seus lábios trouxeram vida de volta ao meu rosto. Lábios como os dele podiam curar doenças. Lábios como os dele eram uma obra de arte. Lábios como os dele mereciam atenção total e individual.

— Eu estava tão cansado — eu disse. — E tão cheio.

— Agora a culpa é da comida italiana.

— É verdade! Como as pessoas esperam uma noite de pegação depois de um jantar italiano? — levantei meu tom de voz, deixando escapar uma tosse barulhenta. Valerio olhava para mim, se divertindo. — Tipo, tem o *antipasti*, o *primi*, o *secondi* e depois, como se todos esses pratos não fossem o bastante, o *dolci*. Sem contar todo aquele vinho. Era óbvio que eu ia apagar.

— Então quer dizer que... o problema não sou eu? É a massa? — Valerio provocou.

— Valerio. — Lancei um olhar sério para ele. — Sinto muito, mas isso não vai dar certo. — Apoiei a mão em seu ombro. — Não é você. É a massa.

Soltei um riso frouxo e nós dois caímos na gargalhada. Ficamos rolando na cama por um tempo, e então Valerio se vestiu e foi embora.

Jahan havia me enviado dois áudios no WhatsApp na noite passada. O primeiro foi quando eu ainda estava jantando com Valerio. *"Amir agha, não lembro, mas seu encontro é hoje ou amanhã? Peraí, um segundo. Tenho que ir. A gente está brincando com a água da fonte na Piazza Testaccio, e tem um carabiniere se aproximando. Talvez ele queira brincar também, talvez vá prender a gente... Vai saber."*

Quase cuspi a água que estava bebendo. E então, algumas horas depois, ele mandou: *"Tudo certo. Estamos bem. Ninguém foi preso. Acho que você está no seu encontro agora. Espero que esteja sendo esplêndido. Só quero te lembrar que você prometeu ler alguma coisa no Garbo amanhã à noite. Sem desculpas!"*

Certo. Eu tinha prometido. Aquele seria o último sarau de Jahan no Garbo, depois de quase quatro anos organizando o evento; um lembrete amargo de que ele iria embora de

Roma em menos de duas semanas. Em duas semanas não haveria mais ninguém para nos convencer a beber Prosecco de tarde, ninguém para espalhar a palavra de Joni Mitchell e ninguém para determinar quais queijos eram gays, héteros ou assexuais.

O que seria de Roma sem Jahan?

Fui ao Tiberino tentar escrever alguma coisa para aquela noite. O sr. Pedrotti me serviu uma sobremesa de maçã caramelizada que estava deliciosa, mas não ajudou em nada a minha criatividade. Minha vontade era arrancar meus cabelos. Não havia um pingo de criatividade dentro de mim. Eu preferia me ater aos fatos na Wikipédia – que eram diretos e comprovados.

De repente, uma sombra se formou sobre meu caderno. Olhei para cima. Era uma garota de cabelo curto, quase raspado, e um rosto extremamente angular.

— Ei! Eu te conheço! — eu disse.

Era Laura Pedrotti.

Laura jogou sua bolsa na mesa, quase derrubando meu notebook, e se sentou. Ela apoiou os pés sobre a mesa.

— Você é exatamente como nas fotos — comentei.

Laura cruzou os braços.

— Ah, *jura*?

— Não foi isso que eu quis dizer — gaguejei. — É só que você é... Você é muito bonita.

— Ah, por favor, *continue* — ela disse, batendo palmas. — Não há nada que eu ame mais do que ser objetificada, especialmente pelo nerd que fez minha página na Wikipédia.

— Não, não, eu não estou objetificando você. Na verdade, eu...

— Só estou brincando contigo — Laura disse. Seu sotaque era bem leve, mas ela parecia mais americana do que qualquer outra pessoa que eu havia conhecido em Roma. — Obrigada pela página, não quero soar narcisista e dizer que gostei, mas... Eu gostei. Então, meu pai disse que você está com dificuldade pra escrever um poema. É para a faculdade ou algo do tipo?

— Ele te disse isso?

Ela me mostrou as mensagens, que estavam em italiano mas podiam ser traduzidas para algo mais ou menos como:

> GAROTO QUE ESCREVEU SUA PÁGINA NA WIKIPÉDIA ESTÁ TENTANDO ESCREVER UM POEMA, VOCÊ É UMA LINDA ESCRITORA, TALVEZ MINHA LINDA FILHA PUDESSE FAZER UM FAVOR PARA ESSE POBRE AMERICANO.

— Acredite — Laura disse. — As mensagens dele são ainda mais ridículas quando estou na faculdade. Ele fica muito empolgado pelo celular e acredita que eu herdei o jeito dele com as palavras. Pode colocar isso na Wikipédia — ela acrescentou, dando uma piscadinha.

Ai, meu Deus.

Será que ela estava flertando comigo?

Será que Laura Pedrotti queria ficar com o criador da sua página na Wikipédia?

— Ainda bem que ele não tem o número da minha namorada — Laura continuou. — Então ela não foi vítima das mensagens dele. Ainda.

Sorri.

— Não li na internet que você tinha uma namorada. Vou ter que adicionar isso na seção de Vida Pessoal. — A expressão de Laura ficou levemente horrorizada. — Brincadeira — acrescentei rapidamente. — Não posso adicionar nada sem uma fonte pra referenciar. Enfim. O poema.

— O poema — ela repetiu.

— Preciso de inspiração.

Laura riu e pegou um cigarro em sua bolsa. Ela acendeu o isqueiro e apontou para a igreja.

— Sabe aquela igreja ali? Ela se chama *la Basilica di san Bartolomeo*. A Basília de São Bartolomeu. O cara que foi esfolado vivo e decapitado. Em muitos casos, ele era retratado em estátuas com o corpo sem nada, só a carne e as veias, enquanto ele segurava a própria pele.

— Ugh! — engasguei, fazendo som de vômito. — Isso não é inspirador! É tortura.

Laura sorriu.

— Te fez sentir alguma coisa, não fez? — Ela balançou a cabeça. — Só escreva algo pessoal. Que venha do seu coração. Não tenha medo de se abrir e de ser vulnerável... vulnerável pra caralho.

Ela estava certa; depois da música do comercial da Nespresso, a segunda música mais popular da Laura era uma homenagem sutil-mas-nem-tanto à menstruação. Ela disse em uma entrevista que odiava como as mulheres eram ensinadas a não falar sobre isso.

— Vulnerável — eu disse. — Entendi.

— Vulnerável pra caralho. Carne viva. Como Bartolomeu.

Dessa vez foi Laura quem cobriu a boca com a mão e fez som de vômito. Rimos juntos.

— Quer ir ao sarau hoje à noite? — convidei. — É nesse bar chamado Garbo. Você poderia cantar alguma coisa...

— Estou de boa — Laura disse. — Já tenho planos com uns amigos.

— Ah sim — respondi.

— Mas obrigada pelo convite — ela disse, erguendo o queixo. — Estou até impressionada. O americano convidando a italiana pra uma festa na própria cidade dela. Você já se entrosou mesmo com a turminha dos artistas.

—Acredite — eu disse. — Parece mentira pra mim também.

— Aposto que sim. Boa sorte no sarau — Laura disse. — *In bocca al lupo*. Daí você tem que responder...

— *Crepi* — eu disse.

Laura ficou ainda mais impressionada.

— Parece que alguém aprendeu rápido — ela disse, mexendo o punho.

Assim que cheguei ao Garbo, meu nervosismo bateu com tudo. Passei espremido pela multidão, cercado por um falatório em inglês e italiano e francês, e encontrei Jahan exatamente onde eu esperava encontrá-lo, no bar.

— Gostei do visual — eu disse depois de conseguir abrir espaço entre duas pessoas. Jahan vestia uma túnica com pequenas flores douradas e videiras estampadas.

— Claro que gostou — Jahan disse, abrindo uma coqueteleira de metal. — É da era dos Safávidas e dos Cajares. Minhas dinastias favoritas. Eles já tinham muito o que fazer lutando contra o Império Otomano e *ainda assim* arrumavam tempo para a moda.

— Caramba. Representou direitinho — eu disse.

— Isso é *tão* barro — Jahan disse ironicamente, e eu estendi a mão para ele bater, porque ele havia se lembrado de algo que eu o ensinei.

+20: Doutrinar Jahan e seus amigos com referências da cultura pop e outros ensinamentos da geração *millennial*.

Jahan decorou o drinque que estava preparando com uma fatia de limão e o entregou para uma mulher na outra ponta do bar.
— Então, já sabe o que você vai ler esta noite?
Puxei um pedaço de papel dobrado do meu bolso. No fim das contas, não consegui escrever nada, mas encontrei um poema de Rumi muito lindo em um livro que Jahan havia me dado outro dia.
— É surpresa — eu disse. — Mas acho que você vai gostar.
Pontualmente às onze e meia – um fato inédito na história do Garbo, pelo que pude perceber sobre esses eventos semanais, e na cultura italiana e iraniana em geral –, Jahan subiu no palco e deu início ao sarau.
— Obrigado a todos por estarem aqui esta noite. Vou tentar não chorar. Não porque sou homem, foda-se isso, mas porque não quero arruinar esta fabulosa túnica persa que estou vestindo hoje. — Jahan balançou a túnica, deu uma voltinha, e todo mundo aplaudiu e comemorou. — Bom, eu decidi vestir esta túnica porque queria honrar a tradição persa da contação de histórias. Nós, persas, não conseguimos apenas escrever histórias como todo mundo. Precisamos contá-las em voz alta, de forma épica e dramática, bem do jeito como tenho feito neste bar durante os últimos anos. Obrigado por aturarem minha tradição. Vou sentir falta disso.
E a noite começou. As pessoas leram suas histórias. Leram poesias. Inventaram sotaques falsos, galoparam feito cavalos e fizeram todo mundo gargalhar. Era uma noite

dedicada aos livros. O bar inteiro flutuava e Jahan estava nas alturas.

Ele se contorcia todas as vezes que um dos participantes o agradecia pelo Garbo. Pelo presente que era ter aquele bar, aquelas noites de sarau, sua presença. Algumas pessoas leram poesias para Jahan: um limerique de Edward Lear, um soneto de Shakespeare, um quarteto de Rumi.

Então outra pessoa leu Rumi. E depois outra. Jahan até fez graça:

— Todo mundo decidiu ler Rumi hoje? A bicha aqui adora uma poesia Sufi bem mística, mas gente... Esqueceram do Hafiz ou do Saadi, foi?

Engoli em seco.

Gaetano, um garoto com bochechas avermelhadas e brilhantes com o qual eu nunca havia conversado muito, subiu ao palco. Em vez de ler, ele falou sobre como havia tido dificuldade para se assumir dois anos atrás. Ele falava em italiano, mas um dos amigos de Jahan traduzia no meu ouvido.

— Eu vinha aqui ao Garbo... e bebia sozinho, naquele canto ali... Se em algum momento da noite uma pessoa "claramente gay" chegasse, eu ia embora... Eu não me sentia confortável sendo eu mesmo... ainda mais em um bar como esse.

Gaetano fez uma pausa para olhar nos olhos de Jahan.

— Uma noite, Jahan se aproximou... "Senta aqui perto do bar", ele disse... Ele era claramente gay... uma frutinha, tão extravagante... mas havia alguma coisa nele... Algo tão genuíno... Me juntei a ele e, rapidamente, ele me ganhou. Ele era feito de magia e risada, o tipo de companhia que faz com que você se sinta especial. Naquela época, minha própria família tinha muita dificuldade pra me aceitar... Eu vivia irritado, cheio de ódio e, acima de tudo, odiava a mim mesmo... mas, Jahan, você me salvou. Foi por causa de você... que consegui me aceitar depois que as pessoas que eu amava não conseguiram... Vamos sentir saudades.

Os olhos de Jahan se encheram de lágrimas. Ele sorriu para Gaetano, sussurrou um *obrigado* e chamou o próximo participante.

O próximo participante era eu.

Senti meu coração acelerar. Empolgação? Nervosismo? Levantei lentamente enquanto Jahan me apresentava.

— Nosso próximo participante apareceu nas nossas vidas há apenas algumas semanas, mas parece que a gente se conhece desde sempre.

O ambiente reluzia como ouro. Era amarelo como mel brilhante e laranja como nectarina, as cores mais quentes e convidativas. Tive a sensação de derreter em meio a tudo aquilo. O olhar de todos era tão acolhedor que me senti em casa.

— *Ciao*. Meu nome é Amir — peguei o pedaço de papel no bolso e o desdobrei lentamente. — Muitos de vocês não me conhecem. De certa forma, vim parar em Roma por acidente e acabei fazendo amizade com Jahan, Neil e todos os outros. Eles têm sido as pessoas mais legais do mundo comigo. Sou muito grato por isso.

Minhas mãos tremiam. Não dava para acreditar na quantidade de pessoas que estavam amontoadas naquele bar me escutando.

— A presença de todo mundo aqui esta noite — continuei — é uma homenagem à pessoa incrível que o Jahan é. Estamos juntos, afinal. Poderíamos ser completos estranhos uns para os outros, sabe? Poderíamos estar enfileirados no ponto de ônibus. Ou em um avião, preenchendo todos os assentos, vendo algum daqueles filmes que exibem no voo por cima dos ombros de quem estivesse à nossa frente. A gente podia nunca ter se conhecido. Mas, esta noite, podemos aproveitar a companhia um do outro. Por causa do Jahan.

Meus dedos suados amassavam o poema que eu deveria ler.

— Sabe, acabei de perceber uma coisa — eu disse. — Acho que, no futuro, vou acabar romantizando este momento em que estou aqui, na frente de todos vocês. Não vou me lembrar do suor escorrendo pelo meu pescoço. Não vou me lembrar de como eu ficava nervoso toda vez que Jahan chamava outro participante, achando que o próximo seria eu. Não vou dar pontos pra essas coisas pequenas, mesmo que elas tenham alguma importância agora, porque não quero que elas definam este momento tão lindo. A vida não é um placar para a gente ficar contando essas coisas. Não é e pronto. Viver é encontrar pessoas que te enxerguem, porque, no momento em que você se sente visto, todo o restante desaparece. Tudo vale a pena.

De repente, os aplausos encheram o ambiente. Olhei para Jahan, que assentiu para mim. Eu ainda segurava o poema de Rumi em minhas mãos. Dobrei o papel, guardei no bolso e voltei para o meu lugar.

— Seu discurso foi bom pra caramba, Amir.

Giovanni havia me perguntado se eu queria dar um pulo no lado de fora para fumar. Eu não queria fumar, mas precisava pegar um ar, então fiz companhia para ele.

— Obrigado — eu disse, me apoiando em uma moto. — Cadê o Jahan?

— Ah, ele está muito requisitado hoje. — Giovanni pegou o isqueiro e acendeu, levando a chama para perto do cigarro. Ele deu uma longa tragada. — Vou sentir saudades dele.

Enfiei as mãos no bolso.

— Também vou — eu disse.

O cigarro brilhava na escuridão, iluminando o rosto de Giovanni como uma abóbora de Halloween. Sempre gostei de Giovanni, pelo menos desde que ele me deu aquela camisa no dia do jantar em sua casa.

Conversamos sobre o livro dele. Giovanni estava escrevendo havia anos, e nem vi o tempo passar enquanto ele falava sobre a história do movimento *queer* na Itália nos séculos XV e XVI. Eu disse que queria ler o livro. Giovanni sorriu, me encarando como um falcão, e disse que eu poderia ler assim que ele terminasse.

— Não mostrei nem para o Jahan — Giovanni disse, dando mais um trago no cigarro. — É uma pena que ele esteja indo embora.

— Eu que o diga. Ele é basicamente a única pessoa que tenho aqui — respondi.

Giovanni franziu a testa.

— Fica comigo que a gente sofre essa perda juntos — ele disse. — Inclusive, eu e alguns amigos vamos para a minha casa na Úmbria na semana que vem, um dia depois da despedida de Jahan. É uma parte linda da Itália, luxuosa e montanhosa. Minha família tem uma casa de campo lá. Você deveria ir com a gente.

— Sério? Não tem problema eu ir?

— Claro que não.

Um funcionário do bar apareceu e nos pediu para entrarmos de volta. Aparentemente, um dos vizinhos de cima estava reclamando do barulho.

— Talvez minha vida não acabe depois que o Jahan se for — eu disse para Giovanni enquanto voltávamos para dentro.

— Mas é claro que não vai. Você vai começar uma vida nova. Uma *nova* vida nova. Sou especialista em vidas novas. Já tive que criar algumas — ele disse, com uma piscadinha. — E estou curioso pra conhecer as suas.

Sala de interrogatório 38

Soraya

Uma das páginas que Amir havia editado na Wikipédia era de uma cantora chamada Laura Pedrotti. Ele também havia editado algumas páginas sobre um bairro chamado Trastevere. Muitos lugares foram adicionados nessa página – um parque, um bar – e pesquisei todos eles no Instagram pra ver se alguém havia postado alguma foto dele ou algo do tipo.

Foi assim que eu o encontrei. Um dos lugares, um bar chamado Garbo, havia postado um story no Instagram. Cliquei pra ver, era um ambiente lotado com algumas pessoas lendo na frente de todo mundo, e lá estava ele. Amir, com uma camiseta branca e calças cáqui, seu cabelo longo, escuro e cacheado, falando na frente de um grupo de italianos. Ele parecia tão confiante. Radiante debaixo de todas aquelas luzes brilhantes.

Acima de tudo, Amir parecia feliz – dava pra perceber, mesmo em um vídeo de dez segundos, que eu não via meu irmão feliz daquele jeito fazia um bom tempo.

Será que eu queria mesmo estragar aquilo?

Sala de interrogatório 38

Roya Azadi

Quando eu era criança, havia um menino que morava no meu quarteirão em Teerã. O nome dele era Payman. Ele flutuava pela nossa rua como uma borboleta, sempre sorrindo e cantando – como se houvesse um mundo feliz em cada passo que dava. Eu e as outras garotas gostávamos dele. Ele não fazia mal algum. Mas os garotos zombavam dele constantemente. Toda vez que brincávamos com Payman, os garotos vinham atrás da gente, metidos e estúpidos como a maioria dos garotos daquela idade, e provocavam Payman sem motivo algum. Che mikoni, parvaneh? *O que está fazendo, borboleta? Eles eram tão cruéis com ele.*

Fazia muito tempo que eu não pensava em Payman. Sua família saiu de Teerão e foi para o interior. Não sei o que aconteceu com ele, mas, mais tarde na minha vida, entendi por que ele era diferente. Entendi por que aqueles garotos o provocavam.

Não quero que Amir seja diferente porque não quero que ele se machuque.

Sala de interrogatório 39

Afshin Azadi

O outro policial te disse que Amir é gay? O que isso tem a ver? Só estávamos discutindo sobre... ah, uma coisa. Outra coisa. Um grande mal-entendido. É complicado. Mas não me agrada ver você falando coisas assim sobre a minha família.

Nove dias atrás

Valerio tinha prometido que me levaria em outro "encontro épico". Estávamos trocando mensagens de manhã e ele decidiu que iríamos ver a Capela Sistina, porque aquele era um dos lugares favoritos dele em Roma e porque Goethe aparentemente escreveu que, "enquanto você não tiver conhecido a Capela Sistina, você não terá uma concepção adequada do que o homem é capaz de conquistar".

— Nunca ouvi falar nesse tal de Goethe — respondi, fazendo uma nota mental para não esquecer de pesquisar na Wikipédia mais tarde. — Mas isso me parece realmente épico mesmo.

Eu estava de pé no salão de entrada do Vaticano. O teto era curvo, alto e feito de mármore. Havia afrescos por toda parte. Eu estava no centro do universo católico. Enquanto esperava Valerio comprar nossos ingressos, me dei conta de que cada coisinha que eu havia feito naquela manhã parecia importante. Era como uma música do *Lonely Island*.

Dei um passo — NO VATICANO.
Bebi água — NO VATICANO.
Fiz cocô — NO VATICANO.

Essa última pode ter sido mesmo bem importante. Tecnicamente foi o cocô mais sagrado da minha vida.

Valerio retornou com nossos ingressos. Ele estava lindo naquele dia, vestindo uma camisa polo para dentro da calça, com jeans dobrados na altura do tornozelo. Ele sorriu para mim com aqueles lábios macios. Quem foi que deu a ele o direito de ser lindo daquele jeito, sabe?

Provavelmente Deus.

Certo.

Uma mulher com óculos retangulares e batom vermelho escuro nos guiou até o lado de fora, para um terraço amplo onde grupos de turistas e famílias pareciam estar recebendo as orientações iniciais. O espaço tinha esculturas gigantescas, que os guias descreviam detalhadamente com muita animação.

Era o dia mais quente desde a minha chegada a Roma. O sol queimava sem dó. Decidi recostar em uma mureta enquanto Valerio observava as esculturas.

Ele se aproximou, recostando-se ao meu lado.

— Já cansou?

Eu sorri. Muretas pareciam ser uma coisa nossa. Ele me pegou pela cintura e se apoiou ao meu lado.

— Não tem problema a gente ficar assim? — sussurrei, olhando em volta.

Valerio me puxou para mais perto.

— Não deixe os outros decidirem como você deve viver sua vida, Amir.

— Fico meio envergonhado, só isso.

— O segredo está na sua atitude — Valerio disse, sorrindo para um homem de pochete que estava nos encarando. — Se eu estivesse na frente do Papa e dissesse: "Ah, sinto *muito*, sr. Papa, mas eu sou gay", é claro que ele ficaria tipo: "Ah, não. Isso não é legal". Mas, se eu dissesse: "Oi, eu sou gay", como se isso fosse apenas a cor dos meus olhos, provavelmente o Papa não estaria nem aí e falaria algo tipo: "Beleza, viva a sua vida". — Valerio pulou para fora da mureta e fez uma reverência. — É tudo uma questão de como você se expressa.

Sorri.

— Você sempre foi assim?

— Assim como?

— Confiante — eu disse. — Pra falar com os outros. Pra se expor em um lugar onde, você sabe, sua *existência* não é muito bem-vinda.

Valerio balançou as mãos.

— Isso não é confiança. É mais como, qual é mesmo a palavra em inglês? *Ti costringi*. Você força. — Ele coçou a cabeça. — Como é mesmo o ditado...

— Fingir até conseguir — arrisquei.

— Sim. Esse mesmo.

Várias placas apontavam para a Capela Sistina, mas ela ainda não estava à vista. Sempre havia mais uma exposição cintilante. Outra estátua. Um pátio. Uma banheira. Chegamos a um pátio arejado, com a fonte mais bizarra de todas no centro. Parecia uma piada. Era só um arbusto com um pequeno jato de água saindo do meio dele. Imaginei que aquele deveria ser um arbusto importante –, retirado da Terra Sagrada ou alguma coisa assim – mas preferi não saber.

Percebi que havia algumas moedas no fundo da fonte, então joguei uma. Valerio apareceu ao meu lado.

— Então, cadê a Capela Sistina? — perguntei.

— É só pra isso que você está aqui? No centro do catolicismo, uma das religiões mais influentes na história da humanidade?

Apontei para o Arbusto Bulbassauro.

— Você chama isso de influente?

Valério bufou.

— Americanos...

Caminhamos até uma estátua de um corpo forte com cabelo cacheado, contorcido em uma posição complexa e humanamente impossível. Uma serpente se enrolava ao redor da estátua e de outras figuras humanas, unindo seus cotovelos e braços.

Valerio me explicou a história daquela escultura – muito famosa, feita por três escultores da Ilha de Rodes para retratar um famoso sacerdote de Troia e seus três filhos sendo atacados por serpentes –, e eu escutei. Fiz questão de tentar parecer interessado, mas não muito. Queria saber onde Valerio pretendia chegar com aquilo. Aquilo tudo. Fiquei me perguntando o que exatamente ele estava buscando, porque, mesmo que uma parte de mim ainda estivesse traumatizada pela forma como tudo terminou com Jackson, não dava para negar a química entre Valerio e eu. Estávamos em um segundo encontro. De algum jeito, havia alguma coisa acontecendo, como quando uma pintura começa a secar.

Seguimos para a próxima exposição, um corredor de bustos de mármore enfileirados em um salão circular. Segui a ordem da fila, observando os rostos com atenção. Todos pareciam tão calmos, em paz. Era como se os bustos de mármore me dissessem: "Não se preocupe, Amir. Vai ficar tudo bem".

Fácil falar, né, busto de César? Você não se preocupou e olha no que deu. Foi esfaqueado pelo Brutus.

— A gente deve detonar o César — Valerio sussurrou no meu ouvido.

Meu coração palpitou.

— Você viu *Meninas malvadas*?

Ele me encarou com uma expressão confusa.

— Claro que sim. É um clássico. Eu sou da Apúlia, Amir, não cresci numa caverna.

Eu sorri.

— Ah, então quer dizer que existem filmes na Apúlia?

— Muito mais do que isso. Somos *cenário* de vários deles. A costa mais linda do mundo. — Saímos da sala dos bustos e seguimos outra placa que indicava a Capela Sistina, subindo por uma escada de mármore. — Continua sendo meu lugar favorito. Quando eu era mais novo, eu costumava pegar um saco de ameixas, minha fruta favorita, e sentar lá pra observar o oceano. Até quando eu era adolescente, eu deixava o celular em casa e ia pra lá pensar na vida. Pensar no dia em que eu iria embora da Itália.

— Não entendo por que alguém iria embora da Itália — eu disse.

Valerio olhou para mim e riu.

— É claro que não entende. Você é americano. Mas, pra nós, é diferente. Tudo que a minha mãe sempre quis era que eu fosse embora da Apúlia pra um lugar tipo Londres, Copenhagen, Nova York. Mas agora acho que isso não é mais possível.

— Por que não?

A mandíbula de Valerio ficou tensa.

— Lembra lá no Rigatteria quando você pesquisou sobre a minha faculdade — ele começou — e leu que era uma das melhores na Itália?

Assenti.

— Eu passei pra uma faculdade ainda melhor na Inglaterra. Uma das melhores do mundo. Mas minha mãe ficou doente. Câncer de ovário, essa doença desgraçada. É por isso que estou trabalhando tanto neste verão.

— As contas do hospital são tão altas assim?

— O quê? Não. — Valerio olhou para mim como se eu fosse louco. — Diferentemente do seu país, a gente acredita que saúde é um direito básico. Estou trabalhando porque minha mãe não consegue trabalhar nessas condições. Ela queria que eu fosse pra Londres, mas, com a nossa condição financeira, seria impossível. Tenho irmãs mais novas que ainda estão na escola e contas a pagar. Tive que ficar.

Chegamos a uma porta larga que dava para o que parecia ser mais um pátio tomado pela luz do sol.

— Sinto muito — eu disse.

— Não sinta — Valerio respondeu. Passamos por um caminho externo que conectava duas salas. Nenhum pátio à vista. — Na Itália, família é tudo. Foi minha escolha. Além de que, se eu tivesse ido pra Londres, talvez nenhum menino lindo tivesse pegado no sono em cima de mim depois de um belo encontro.

Eu sorri feito bobo.

— Quantas vezes vou ter que repetir? *Comida. Italiana.* Não é uma boa pedida pra encontros. Não entendo como as palavras "jantar italiano" e "romântico" podem ser usadas na mesma frase.

Eu e Valerio caminhamos lentamente pelo corredor, aproveitando cada momento da luz do sol pela primeira vez desde que nosso tour pelo Vaticano começou.

— E a sua família? — Valerio perguntou.

Respirei fundo.

— Não falo mais com eles, na verdade — respondi envergonhado. — Eles não são tão de boa com toda essa coisa de ser gay. Então acho que não estão de boa comigo.

Valerio ficou em silêncio. Olhei para ele, tentando ler sua expressão, quando seus olhos se iluminaram. De repente, ele espiou rapidamente sobre os ombros, me pegou pelo braço e me puxou para a frente.

Ele me levou para um cantinho escondido atrás de uma porta de madeira que estava aberta no fim do corredor, um pouco antes da próxima exposição. Estava escuro. Por trás da porta, dava para ouvir as conversas e os passos das outras pessoas. Abri a boca para perguntar o que ele estava fazendo quando Valerio se aproximou e me beijou.

Eu me afastei.

— O que você está fazendo? — eu disse, meus olhos esbugalhados e espantados.

Valerio segurou meu rosto e sussurrou:

— Eu estou de boa com essa coisa de ser gay. Foda-se todo o resto.

— Mas a gente está no *Vaticano*.

— E daí?

— E daí que tipo... *catolicismo* e tal.

Lembrei de como Jackson usava um colar com uma cruz de prata e, quando ficávamos deitados no carro dele com os bancos reclinados, eu apoiava o braço no peito dele e a cruz deixava uma marca em mim. Às vezes eu ficava nervoso, achando que, se meus pais notassem, aquela marca me entregaria.

Olhei por cima do meu ombro. Parede. Porta. Escuridão. Olhei para Valerio. Garoto lindo. Lábios cheios e macios. Lábios que eram uma obra de arte. Que mereciam sua própria exposição. Aquilo tudo era loucura, mas desde quando um lugar pode ditar se podemos ou não ser nós mesmos? Então o beijei. Deliberadamente. Sem vergonha.

Mesmo se no fim das contas eu nunca visse a Capela Sistina, eu tinha experimentado aquele beijo, e aquilo parecia tão importante quanto todas as estátuas e pinturas no teto.

De repente, foi Valerio quem se afastou, dando a volta na porta e me puxando com ele para a próxima exposição.

— Você só me provoca — eu disse com o coração acelerado. Havia outra parte de mim pulsando também. Nós andávamos feito dois bobos. — Você e esse museu inteiro.

Chegamos a uma porta dourada no fim do corredor. *Tem que ser aqui*, pensei. *Essa tem que ser a Capela Sistina.*

Fui enganado de novo. Era um corredor mais escuro e mais lotado, com tapeçarias nas paredes. Ninguém parava para apreciar os mapas do mundo antigo costurados em tecido; só estávamos de passagem, ansiosos para o evento principal. Fiquei meio mal porque aquela exposição não recebia nenhum amor.

— Isso deve ser tipo ser o show de abertura da Beyoncé — eu disse.

— Pior — Valerio disse. — É como se a Beyoncé estivesse fazendo um show de abertura pra Deus.

De algum jeito, ainda havia outro longo corredor, esse com o teto coberto de pinturas espetaculares. Mas não espetaculares o bastante, porque ainda não era a Capela Sistina. A igreja católica estava se esforçando ali.

— Não tem como a gente chegar mais rápido? — resmunguei.

— Vai valer a pena — Valerio afirmou. — Lembra do que o Goethe disse?

— Lembro, mas é que o Goethe parece ter pulado muitas etapas.

Valerio balançou a cabeça.

— Esses americanos impacientes.

Passamos rapidamente por muitas salas dedicadas a Raphael, um museu de arte contemporânea e pelo Corredor dos Animais. Imaginei aquelas zebras e leões de mármore ganhando vida, como se estivessem fugindo do Zoológico Nacional. Eu estava algumas horas sem beber água e começando a alucinar.

Foi quando a vi. Uma placa vermelha no topo de uma escada: CAPPELLA SISTINA. Essa era diferente de todas as outras. Era a verdadeira.

— Valerio — sussurrei.

Lentamente, caminhamos em direção à placa, e, quando atravessamos a porta, eu estava esperando algo que abalasse minhas estruturas. Depois de toda a ansiedade, eu esperava fogos de artifício, raio laser, um espetáculo completo.

Era uma sala gelada e escura. Estava lotada.

Valério me cutucou.

— Olha pra cima.

A primeira coisa que vi foi a famosa pintura de Michelangelo: Deus e Adão, parceiros no Paraíso, esticando as mãos um para o outro, com os dedos quase se encontrando.

— Puta merda — eu disse.

— Puta merda *mesmo* — Valério disse.

Meus olhos percorreram tudo. As pessoas, as imagens pintadas, peles pálidas e nuas e vestidas, sagradas, humanas, uma fantasia coletiva, outro mundo. Lá no alto. Tudo ganhou vida diante dos meus olhos.

Era a maior festa do mundo.

Era a sala mais importante do mundo.

— Ei — Valerio disse. — O que você achou?

Meu olhar girava pelo ambiente, por todas as camadas daquele mundo que Michelangelo havia criado.

— Parece que eu finalmente tenho uma concepção adequada do que o homem é capaz de conquistar — respondi com um sorriso.

Observando a obra-prima de Michelangelo, pensei comigo mesmo: *Queria poder conversar com o Amir de um mês atrás. Aquele que pensava que sua vida tinha acabado. Queria poder dizer a mim mesmo que tudo ficaria bem. Tipo: ei, Amir do Passado. Ei, cara. Vai ficar tudo bem. Você vai fazer grandes amigos em Roma e beijar um garoto italiano lindo no Vaticano, e tudo vai ficar bem.*

Valerio encostou sua mão na minha e, por alguns segundos, nossos dedos mindinhos ficaram unidos. Olhei para o alto, admirei o projeto detalhado do teto e senti o ar gelado que enchia o ambiente. Observei mais uma vez a imagem central. Homem e Deus, com o joelho articulado, se inclinando para trás e para a frente ao mesmo tempo.

Valério tocou meu braço.

— Épico, né?

— Épico — eu disse.

Sala de interrogatório 37

Amir

Eu não pretendia entrar em detalhes específicos sobre meu encontro com Valerio, mas pelo seu nível de atenção, acho que você não ligou. Tem alguma coisa em você, policial. Parece que você tem um lado sensível.

Infelizmente, essa história está prestes a ficar azeda como uma jarra de limoncello malfeito. Limoncello? É um digestivo de limão que fazem em Nápoles – digestivo, é tipo um aperitivo. Hm. Uau, achei que eu era o adolescente aqui.

Você vê Rupaul's Drag Race, senhor? Já ouviu falar? Então você já entrou acidentalmente em um bar que estava exibindo um episódio e achou que era um jogo de futebol? Estou perguntando porque o negócio pode ser intenso de um jeito que só os gays conseguem ser, então aperte os cintos.

O programa a seguir contém cenas fortes.

Sala de interrogatório 38

Soraya
Metade de mim queria que o Amir ficasse em Roma, que fosse feliz e vivesse sua vida lá. Achei que eu conseguiria ignorar minha descoberta. A outra metade, porém, queria meu irmão de volta na minha vida. Não entendo. Eu nem gosto tanto assim do Amir. Tenho certeza de que gosto dele de um jeito normal, como qualquer irmã mais nova. Eu só queria que ele voltasse.

Enfim, eu estava ocupada com os ensaios de Cats – finalmente havíamos chegado à minha parte do roteiro –, então isso acabou contando também. Não posso fingir que foram só meus questionamentos internos. Não sou uma pessoa tão boa assim. Eu estava mergulhada de cabeça na performance de "Memory". Eu precisava atingir um soprano lírico. Não sei se você entende de canto, mas é bem difícil.

Lembro que certa noite ouvi meus pais conversando na cozinha. Eles não sabiam que eu estava em casa; acho que eles pensavam que eu estava no ensaio. Mas eu tinha tirado folga naquela noite. Lembro da minha mãe perguntando: "Bom, e aí? Preferimos ter um filho gay ou não ter mais filho nenhum?", e meu pai simplesmente ficou quieto.

Oito dias atrás

Na manhã seguinte ao meu encontro com Valerio, fui com Jahan em um café na avenida principal. Havia um bem debaixo do apartamento de Jahan, um café apertado onde você aguardava o pedido em pé – *posso avere un caffè, per favore* –, mas Jahan preferia o da avenida porque pertencia a uma lésbica caminhoneira italiana. Apoie o comércio *queer* local, ele gostava de dizer.

— Então você está apaixonado — ele disse.

— Sim, pela Capela Sistina. É tão linda. Mas no começo bancou a difícil.

Jahan bebeu seu café em um só gole, tudo de uma vez. *Espresso*. Os italianos só bebem *espresso*.

— *Ahh*. Entendi, pombinho apaixonado. Então vocês vão se ver hoje.

— Hoje preciso trabalhar — disse. Eu havia prometido a duas pessoas diferentes que entregaria suas páginas na Wikipédia. Só aquilo já garantia o aluguel do mês.

— No fim de semana, então?

— Ele não vai estar na cidade. Vai visitar a família na Apúlia.
— Ah, ele é da Apúlia. Pobrezinho. Lá faz ainda mais calor do que aqui. — Jahan enxugou um rio de suor que escorria em sua testa. Mesmo de pé no balcão, de frente para um ventilador, estávamos ensopados de suor. — Bom, é o que eu sempre digo sobre garotos.
— Acho que não sei o que você sempre diz sobre garotos.
— Fode com eles.
— Jahan.
— Isso, fode com eles — a dona do café disse. Ela era uma mulher italiana baixinha, de cabelo curto e braços grossos, com uma verruga perto da boca.
— Viu só? Até a lésbica disse pra você foder com eles!
— Acho que ela não quis dizer a mesma coisa que você... eu ri. — Ai, Jahan. Não acredito que você já vai embora semana que vem.
— Se eu conseguir passar em álgebra — Jahan disse, virando outra dose de *espresso*. — *Ahh*. As coisas não estão indo bem. Eu continuo me dando mal nesses malditos simulados. No último eu acertei, tipo, duas questões só.
— Mentira. O que a gente está fazendo aqui, então?

Voltamos para o apartamento de Jahan, onde eu praticamente empurrei os livros de álgebra na frente dele. Parecia irônico – eu queria que Jahan continuasse em Roma, não queria? –, mas queria mais ainda que ele passasse no teste, então fiquei pessoalmente investido naquilo. Preparei perguntas sobre o Teorema de Pitágoras e pedi que ele explicasse o que significava PEMDAS e depois que usasse essa técnica para resolver uma equação insuportavelmente complexa. Finalmente, quando ele já estava cansado da minha "encheção de saco autoritária", forcei Jahan a fazer mais um simulado.

Depois de me entregar a prova para que eu corrigisse, Jahan foi para o quarto tirar um cochilo. Corrigi suas respostas rapidamente. Ele não se saiu muito bem, mas, em vez de acordá-lo, decidi dar uma olhada nos livros espalhados pela sala de estar. A maioria eram livros de poesia – poetas dos quais eu nunca havia ouvido falar, como Gwendolyn Brooks e Ocean Vuong – e coletâneas de contos persas, contos de fadas e a obra completa de Hafiz.

Depois de um tempo, Jahan saiu do quarto e se sentou ao meu lado no chão.

— Você deveria pegar esse — ele disse. Eu estava lendo a contra-capa de *The Pomegranate Lady and Her Sons*, da autora Goli Taraghi. — Tem uma história sobre um ladrão educado que invade a casa de uma família no Teerão e pergunta se pode roubar as coisas.

— Só no Irã mesmo para os ladrões terem boas maneiras — eu disse.

— Sim. A avó aparece com uma espingarda ou qualquer merda assim, e o ladrão fica tipo: "Senhora, por favor, não precisamos de violência. Só vou pegar este vaso caro e depois vou embora". — Jahan bocejou e secou seus olhos molhados. — A coisa fica feia. Irã pós-revolução, cara.

Balancei a cabeça.

— Ei, tem um pouco de *ghey* no seu olho.

— Um pouco de quê?

— *Ghey* — repeti. — Tem *ghey* no seu olho.

Jahan franziu a testa.

— Amir, você está sendo extremamente homofóbico...

Minhas orelhas queimaram.

— Não, é só que...

Corri até a cozinha e peguei um pedaço de papel toalha, voltei e limpei a pequena linha de muco nos olhos de Jahan.
— Aaaah, você quis dizer remela? — Jahan disse.
— Sim, isso. Nunca lembro da palavra certa. Minha mãe só chamava de *ghey*.
Jahan pegou seu celular e procurou a palavra em um aplicativo de dicionário persa.
— Aqui diz que *"ghey"* significa "vômito". Deve ser tipo o vômito do olho ou alguma coisa assim. Não é incrível? Eu preferiria mil vezes estar aprendendo persa do que essa bosta de álgebra.
— Achei que você soubesse falar persa.
— Estudei por um semestre durante a faculdade, mas não cresci falando a língua como você. Meu próprio pai mal falava. Ele era da segunda geração de iranianos. — Jahan acariciou meu rosto. — Mas, olha, você é o mais persa possível. E tem um pouquinho de *ghey* aí também.
Levei meu dedo até o olho, mas não havia nada lá.
— Ah — revirei os olhos. — Acho que você tem razão.

Na noite seguinte, Giovanni me convidou para ir ao seu apartamento ao lado do Coliseu comer pizza. Falei que iria com certeza. Eu achava importante começar a andar mais com Giovanni e os amigos dele. Não apenas porque Jahan iria embora na próxima semana, mas também porque Neil havia me contado que ele e Francesco estavam pensando em se mudar para o interior.
Pelo visto, eu também não voltaria para casa tão cedo. Já havia se passado uma semana desde a última vez que minha família tinha tentado entrar em contato comigo.

Eu tinha até conferido meu celular antigo naquela manhã para ver se havia alguma mensagem deles. Nada. Por mais que eu quisesse acreditar que já tinha superado, eu não tinha. Era como se eu tivesse rasgado uma carta e a jogado ao vento, mas os pedaços de papel ficavam voltando com tudo, batendo na minha cara.

Talvez eu simplesmente precisasse aceitar que aquela era a minha vida. Talvez Roma fosse minha nova casa. Eu estava até começando a pensar em me matricular na John Cabot, uma universidade americana em Roma. Assim eu poderia solicitar um visto de estudante. Além do mais, Jahan havia dito que conhecia uma pessoa que trabalhava lá e poderia me ajudar a conseguir uma bolsa de estudos.

Decidi ir para o Giovanni a pé, em vez de pegar o bonde. Era uma caminhada que cortava o rio, passando pelas ruínas antigas onde os gatos ficavam brincando. Andei por quase uma hora, mas achei que aquilo seria uma boa para aliviar o estresse da minha cabeça.

Quando cheguei no apartamento, Giovanni abriu a porta enrolado em uma toalha. Fiquei surpreso; eram tantos gominhos naquele abdômen. Eu não fazia ideia de que uma pessoa poderia ter aquela quantidade de músculos abdominais.

— Desculpa — Giovanni disse, levemente sem fôlego. — Acabei de voltar da academia e ia tomar uma ducha rápida.

— Cadê todo mundo? — perguntei.

— Jahan está estudando álgebra — Giovanni disse, me guiando pela sala de estar ornamentada. — A prova é na próxima quarta-feira, mas ele disse que vai aparecer mais tarde. Rocco está preso no trabalho. Vem cá, deixa eu preparar um drinque pra você. O que você quer?

— O que for mais fácil — respondi.

Giovanni me serviu uma bebida e continuamos andando pelo seu apartamento enorme, passando pela sala de jantar com a pintura gigante de Caravaggio até chegarmos no quarto. Era do tamanho de uma sala de aula.

— Vai ser rápido — ele disse, e foi para o banho.

Terminei meu primeiro drinque rapidamente – era gostoso e refrescante, e não havia ar-condicionado naquele belíssimo apartamento. Quando Giovanni saiu do banho, ele preparou mais duas bebidas, uma para ele e outra para mim. Levamos os drinques de volta para o quarto.

— Eu estava pensando na nossa conversa daquela noite — Giovanni disse. Ele estava de pé na frente de um espelho de corpo inteiro, seu cabelo molhado pingando. — Homens italianos andando pela rua, tirando o chapéu um do outro. Correndo juntos na escuridão. Acho que essa seria uma excelente cena de abertura para o meu livro.

— Você não escreveu o começo ainda?

— Já brinquei com mais ou menos dez milhões de ideias diferentes, mas nenhuma delas parece funcionar — ele disse.

Tomei um longo gole da minha bebida.

— Acho que esse seria um bom começo, sim.

Giovanni tirou a toalha da cintura. Eu estava longe, na outra ponta do cômodo, perto de uma escada que levava para o andar de cima.

— Eu só queria algo mais empolgante — ele disse. — Algo que chamasse sua atenção.

Olhei para as costas dele. Era como um mapa; território desconhecido. Se Jackson e Valerio eram garotos, mapas que eu conhecia muito bem, Giovanni era o mapa de Westeros. Sua bunda estava completamente à mostra e, apesar de estar cobrindo o pau com as mãos, eu conseguia ver todo o seu abdômen pelo espelho.

Meus olhos se dividiam entre o corpo de Giovanni bem na minha frente, quente, o copo com cubos de gelo na minha mão, frio, e o volume dentro da minha calça, duro.

— Quando você acha que vai terminar o livro? — perguntei com a boca seca.

— Quem sabe? — Giovanni disse, finalmente vestindo uma cueca. — Sabe-se lá se existe algum livro que de fato foi terminado.

Levantei o rosto; Giovanni me encarava como um lobo. Ele deu um passo adiante.

— Sempre te achei muito bonito, Amir — Giovanni disse. — Desde a primeira festa, quando Jahan te trouxe aqui.

Ele se aproximou mais um pouco. Seu abdômen estava na altura dos meus olhos.

— Obrigado — foi tudo o que consegui dizer.

De repente, Giovanni estava de pé ao meu lado, uma perna nua para a frente e, de alguma forma, meu braço roçou nela, como se ele estivesse escrevendo uma palavra italiana nova no meu caderno, como se ele fosse meu professor, como se ele fosse o Jackson...

E lá estavam nossas bocas. Nossas mãos. Nossos corpos. Nosso movimento nos levou do quarto até o sofá na sala de jantar. Tudo aconteceu rápido demais, mas posso dizer que definitivamente aconteceu debaixo do Caravaggio.

Meu celular caiu do bolso. Provavelmente quando Giovanni arrancou minha calça. Encontrei o aparelho debaixo de uma das cadeiras antigas. Felizmente, a tela não havia rachado, e vi duas chamadas perdidas de Jahan e uma mensagem de Valerio. Meu coração apertou.

Eu disse a mim mesmo que não tinha nada sério com Valerio. Eu não tinha compromisso com ninguém. E Giovanni, que estava em um relacionamento aberto, muito menos. Ainda assim, senti que havia acabado de fazer algo muito idiota, tipo dirigir de olhos fechados, mesmo que tivesse escapado sem nenhum arranhão.

Giovanni finalmente se vestiu e saímos para comer pizza, sem trocar uma palavra enquanto andávamos em zigue-zague pelas calçadas lotadas. Era uma noite de sábado. Roma estava abarrotada de turistas.

Pegamos uma mesa em um restaurante na Piazza Santa Maria, em Trastevere. Ao fundo, dava para ouvir o barulho baixinho do chafariz e o som da risada das crianças, exatamente como Jahan havia me dito.

Giovanni tirou os olhos do menu.

— Acho interessante como vocês, americanos, sempre parecem inspecionar o menu com muito cuidado — ele disse. — Como se existisse algum código nuclear.

Corrigi minha postura.

— Eles têm tantas pizzas diferentes aqui. Não sei qual escolher.

— É só escolher a que você quer — Giovanni disse.

Ele esticou o braço e tocou meu pulso. Segurei com força a borda do menu. Mais cedo naquela noite, o toque de Giovanni era tudo que eu queria. Ele era muito mais velho que Valerio e Jackson, mais rico, mais espetacularmente sarado... mas agora eu estava nervoso de ser visto com ele. Agora que estávamos em público, seu toque parecia ilícito.

Giovanni afastou a mão.

— Fiquei sabendo que você está saindo com o Valerio — ele disse.

Franzi a testa.

— Gostaria que o que acabou de acontecer ficasse entre nós — pedi, abaixando minha voz.

— Claro. Mas não é como se você fosse casado — Giovanni disse, desmunhecando o punho.

— Verdade — suspirei. — Como funciona entre você e o Rocco?

Giovanni ergueu a cabeça.

— Nós também não somos casados...

— Não, quero dizer, o relacionamento aberto.

Ele soltou um longo suspiro, desses que passam por todas as notas da escala musical.

— Não funciona. É assim que a gente faz. Coisas assim acontecem e eu não conto pra ele.

Pedimos uma pizza de tomate-cereja com cogumelos e duas cervejas.

— Você é feliz com o Rocco? — perguntei.

Giovanni pensou um pouco antes de responder.

— Fomos felizes por um tempo — ele disse. — Estamos juntos há dois anos já, e eu diria que no primeiro ano nós éramos felizes noventa e cinco por cento do tempo. Nos seis meses seguinte, setenta e cinco por cento. Nos últimos seis meses, diria que caímos pra menos de cinquenta.

A garçonete trouxe as cervejas.

— *Salute* — nós dissemos, brindando.

— A gente começou a ter umas brigas terríveis — Giovanni continuou. — Olha. Eu entendo. Estou trabalhando no meu livro há cinco anos. Sou preguiçoso, mas quem não é? Meus pais são ricos, sou cheio de privilégios, tentei trabalhar na empresa da família, mas larguei tudo pra estudar pilotagem, depois fui fazer faculdade no Reino Unido, e então larguei os estudos pra fazer nada além de ir a festas por um ano e só depois me matriculei de novo. Com vinte e poucos anos eu já vivi uma vida inteira, e ainda tenho muito mais pela frente. Já o Rocco... ele ficou em Roma a vida toda. Sempre muito acomodado. Ele acha que usa a arte pra escapar, mas não está indo a lugar nenhum. Eu sempre digo que, se ele viajasse e conhecesse o mundo, a arte dele ia decolar. Isso é tudo o que eu quero pra ele. Sucesso. Acho que esse é o principal motivo das nossas brigas. Não é porque eu sou preguiçoso ou uma piranha ou qualquer outra coisa da qual ele possa me acusar. É porque ele é um fracassado.

— Uau. Isso que é se abrir de verdade — eu disse, genuinamente chocado com o tanto de informações que Giovanni compartilhou.

Giovanni deu de ombros.

— Não posso falar sobre isso com mais ninguém.

Ele acendeu um cigarro e tragou fundo, soprando a fumaça sobre a mesa.

— Você nunca conversou sobre isso com o Jahan ou o Neil?

— Meu Deus, não. O Jahan é muito próximo do Rocco e, além do mais, você sabe como ele é. Ele consegue excluir alguém do grupo com a mesma velocidade que consegue incluir — Giovanni disse. — Neil e eu não conversamos tanto assim, mas tenho certeza de que ele e o Rocco já se pegaram em algum momento. Ele era uma piranha, mas hoje em dia gosta de fingir que é "do lar".

— Sério?

— Ah, sim. Não deixe essa imagem de boy caseiro te enganar. Neil aprontava mais do que todos nós. Só arrumava problema.

Não consegui dizer exatamente o que me deixou triste ao imaginar Neil como qualquer outra coisa além do namorado comprometido que eu sabia que ele era.

— E como assim o Jahan consegue excluir alguém? — perguntei. — Ele já fez isso antes?

Giovanni riu.

— Lembra do Gaetano?

Assenti; era o garoto no sarau que leu uma história em italiano sobre como Jahan fez com que ele se sentisse aceito.

— Ai, aquilo tudo foi um teatro. Jahan não suporta o Gaetano. Ele fez parte do nosso grupo de amigos por um tempo, mas encheu o saco do Jahan, e eles arrumaram alguma treta. E, então, *puf*. Ele nunca mais apareceu.

Ele continuou:

— E o Gaetano, vou te contar, hein? Eu não tenho um pingo de dó dele. Ele está traindo o namorado, Pier Paolo. Sim, eles começaram a sair seis meses atrás e Gaetano já está transando com o Rocco. Acho que os dois estão apaixonados, sei lá. Rocco nunca me contou, é claro. Mas eu vi as mensagens dele com o Gaetano, mandando-o terminar com o Pier Paolo. — Giovanni balançou a cabeça. — Já não consigo mais me importar.

A garçonete chegou com nossa pizza. Ela mal a deixou na mesa e já ataquei. Queimei a língua e o céu da boca, mas estava deliciosa. E também me distraiu do fato de que Giovanni havia acabado de arruinar a imagem perfeita que eu tinha de todas aquelas pessoas, limpando tudo num piscar de olhos, como uma lousa mágica.

— Somos todos fodidos, Amir — Giovanni completou, terminando o último gole da sua cerveja. — Sei que as coisas não estão boas com a sua família, mas estamos todos fodidos aqui também.

Quando voltamos para o apartamento de Giovanni, Jahan abriu a porta com uma taça de vinho na mão.
— Vocês voltaram! — ele exclamou. — Finalmente. O Rocco já saqueou o armário de bebidas. Ele está um pouco mal-humorado. Como foi o jantar?
— Foi bom — Giovanni disse. — Fomos àquela pizzaria na Piazza Santa Maria.
— O dono dessa pizzaria tinha uma peixaria na avenida, não tinha? — Jahan disse. — Lembra daquele funcionário bengalês que ficou preso no porão e todo mundo achava que o dono era quem tinha trancado ele lá embaixo? Acho que eles tinham a maior treta. Ou, devo dizer, truta... — Jahan riu da própria piada. — Enfim, o Rocco está na sala de estar enchendo a cara de uísque ou qualquer outra bebida de hétero dessas. Eu sou uma garota de classe, então vou ficar só no vinho.

Giovanni se serviu de uma taça de vinho. Ele perguntou se eu também queria uma, mas eu já estava de boa.
— Você tem estudado muito ultimamente, Jahan — Giovanni disse.
— Nem me fale. Estou estressado de verdade — Jahan gemeu. — Eu nem deveria estar aqui hoje.
— Você vai se sair bem — eu disse a ele. — Ontem você acabou com o Teorema de Pitágoras. Vai arrasar na prova.
Jahan assentiu.

— É, espero que sim.

Fomos todos para a sala de jantar, debaixo do Caravaggio. Inspecionei rapidamente o cômodo em busca de qualquer rastro de Giovanni e eu. Um fio de cabelo, uma meia, qualquer coisa que pudéssemos ter esquecido quando estávamos nos pegando.

— Caravaggio nunca precisou aprender álgebra — Jahan murmurou.

— Caravaggio assassinou alguém, não foi? — Rocco perguntou. Ele estava sentado no sofá onde eu e Giovanni ficamos de safadeza apenas algumas horas antes.

Giovanni revirou os olhos.

— Sim, e por causa disso ele foi exilado de Roma. O que não deixa de ser uma forma de tirar alguém dessa cidade.

Rocco encarou o namorado e disse alguma coisa ácida em italiano.

— Acho que da Vinci foi um gênio da matemática — Jahan disse, dissipando a tensão. — Então talvez exista algum mérito em ser um artista que entende de números.

— Além do mais, ele tinha todas aquelas pistas secretas escondidas nos seus trabalhos — completei.

— Aah, parece que alguém viu *O código da Vinci* — Jahan provocou. Fiquei vermelho. Era exatamente por causa desse filme que eu sabia aquela informação.

Quando terminamos nossas bebidas, saímos para um bar, um lugar parecido com um porão, onde pediram para ver minha identidade pela primeira vez na Itália. Giovanni e Rocco estavam trocando farpas o tempo inteiro e, em menos de cinco minutos, eles saíram para discutir do lado de fora. Eu e Jahan focamos nossa atenção em uma das várias TVs no bar; lá eles exibiam cenas dramáticas de vários filmes gays ao longo das décadas. Jahan estava chocado porque eu mal conhecia a maioria deles, e me fez pegar o celular e anotar os títulos: *O reino de Deus, Milk: A voz da igualdade, Paris is Burning*. Era uma lista longa.

— O que está rolando entre o Giovanni e o Rocco? — perguntei.

— Ah, eles são sempre assim — Jahan disse. — Estou surpreso por você não ter reparado antes.

Puxei o ar depressa. Tinha muita fumaça lá embaixo.

— O quão próximo você é do Rocco?

Jahan sorriu.

— Rocco é o meu melhor amigo da vida.

— E o Gaetano?

Jahan se virou para mim.

— O que tem ele?

— Eu, eu só... — gaguejei. — Ele contou aquela história naquela noite.

— Ah, claro, ele tinha que contar — Jahan disse, revirando os olhos. — Mas o Gaetano é legal. Ele é fofo. Só não somos mais tão próximos.

Era impossível não enxergar Jahan de um jeito diferente depois de tudo o que Giovanni havia me contado. Ele não era apenas o sol daquele grupo de amigos; Jahan também era a sombra, capaz de privar outras pessoas da sua própria luz.

De alguma forma, apesar das brigas de Giovanni e Rocco, ficamos no bar até as seis da manhã. No fim da noite, andamos juntos até o apartamento perto do Coliseu e nos despedimos com abraços. Antes de entrar com Rocco, Giovanni mandou uma piscadinha para mim. Jahan com certeza percebeu, mas não disse nada a respeito.

Jahan voltou comigo, atravessando o cintilante rio Tibre. Quando cheguei em casa já eram seis e meia. Fiz um lanchinho – sobras de *grissini* – e apaguei com as migalhas espalhadas pela cama. Quando acordei, pensei que ainda estava sonhando, porque alguém havia comentado no meu último post no Instagram:

"VLW POR TER TRANSADO COM A PORRA DO MEU NAMORADO!"

Seis dias atrás

Eram nove e meia, quase dez da manhã. Deletei o comentário imediatamente e mandei mensagem para o Giovanni, mas ele não respondia. Então mandei mensagem para o Jahan. Milagrosamente, ele estava acordado, então me vesti e corri para o apartamento dele, chegando lá suado e sem fôlego.

— Bom, você fez o impossível — Jahan disse. Ele bateu a porta para fechá-la. — Me tirou da cama cedo.

Seu apartamento estava muito mais bagunçado do que alguns dias atrás. Folhas de papel quadriculado por toda parte, uma calculadora TI-83 sobre uma pilha de livros, um caderno de exercícios no braço de uma cadeira. Jahan empurrou o caderno para fora da cadeira e se sentou.

— Você não vai acreditar no que o Rocco fez — eu disse.

— O que o *Rocco* fez? Meu amor, eu já conversei com ele e com o Giovanni. Por que você não me disse nada sobre o que aconteceu ontem à noite?

— Hm. Não sei — eu disse, andando em círculos na frente dele. — Não achei que fosse grande coisa. A gente não chegou a... Meu Deus. Como o Rocco descobriu, afinal? Foi aquela piscadinha no fim da noite? Ele encontrou um fio de cabelo no sofá ou qualquer coisa assim?

— Sério? É com isso que você está preocupado?

— E eu não acredito que ele comentou no meu Instagram! Eu pedi pra nenhum de vocês me seguir ou me marcar, porque eu não queria... — Parei de falar. — Acho que eu nunca pedi especificamente para o Rocco, mas, pelo amor de Deus.

Jahan me olhou como se eu estivesse ficando louco.

— Eu achei que o relacionamento deles era aberto — resmunguei.

— Amir. Eles terminaram.

Meu queixo caiu.

— O quê?

— O Giovanni me ligou — Jahan disse, esfregando os olhos. — Ele estava desvairado. Me disse que Rocco descobriu sobre vocês dois e que outra coisa veio à tona, e os dois começaram a gritar e jogar coisas um no outro, e o Rocco simplesmente terminou com ele.

Encarei o pôster das ruínas de Pompeia, bem acima de onde Jahan estava sentado.

— Foi tudo minha culpa — eu disse.

Jahan olhou para mim e suspirou.

— Você precisa ser mais cuidadoso, Amir. Você se meteu no meio de uma coisa que nem entende.

Minha cabeça estava processando as palavras que Jahan estava dizendo, mas meu coração parecia estar em curto-circuito.

Me senti uma pessoa absolutamente terrível. Como se eu tivesse decepcionado o Jahan. Ele estava cansado e sério de um jeito como eu nunca o tinha visto antes – não havia nenhum sinal do seu brilho de sempre.

Ele pegou o livro de álgebra e o segurou no colo.

— *Cazzo*. Eu realmente não precisava disso agora — ele disse com uma bufada.

Ficamos quietos por um segundo, até que o toque do meu celular quebrou o silêncio. Jahan arqueou as sobrancelhas.

— Quem está ligando? — ele perguntou.

— Meu Deus, tomara que não seja o Rocco — eu disse, colocando a mão no bolso. Olhei para o identificador de chamadas na tela. *Roya Azadi* – ela estava ligando pelo Messenger do Facebook. Enfiei o aparelho de volta no bolso.

— Enfim, sinto muito — eu disse, rapidamente. — Por causar todo esse drama com seus amigos, logo antes da sua prova de álgebra, mas eu tenho certeza de que...

Meu telefone tocou de novo.

— Quem fica te ligando? — Jahan disse, levantando-se da cadeira.

— Não é ninguém, deixa pra lá.

— É o Rocco? O Giovanni?

Peguei meu celular para colocar no modo silencioso.

— Não, é...

Jahan pegou minha mão, girou o pulso e olhou para a tela.

— Quem é Roya Azadi? — ele perguntou.

Meu coração acelerou.

— É a minha mãe.

Jahan se espantou.

— Amir! Você deveria atender!

— Não. Eu não deveria. — Fiquei tonto.

— Entendo que não é o melhor dos momentos, mas talvez a sua família esteja arrependida — Jahan disse. — Talvez queiram te pedir perdão.

— Jahan, acredita em mim — insisti. — Isso não é importante agora.

— Ai, deixa o resto pra lá — Jahan disse, batendo palmas. — É a sua família. É importante. Como eles poderiam simplesmente te *rejeitar* assim? Somos iranianos. Família sempre vem em primeiro lugar. É claro que eles imigraram pra outro país com ideais diferentes, mas, acima de tudo e de todas as coisas, eles imigraram pra que você fosse *feliz*. Você precisa conversar com eles. Talvez...

Joguei meu corpo na cadeira onde Jahan estava sentado momentos antes. Agora era eu quem estava esfregando os olhos, escondendo o rosto com as minhas mãos. Meu coração batia a mil por hora. Senti tudo desmoronando.

— Amir, você está bem? — Jahan repousou a mão no meu braço. Então senti algo nele mudar. — Sabe, eu nunca te perguntei o que seus pais disseram quando você se assumiu, mas se foi ruim...

Balancei a cabeça uma única vez.

— Foi *muito* ruim? Filhos da puta.

Continuei balançando a cabeça. Meu corpo inteiro tremia.

— Não é isso. Não é isso — eu disse. O peso da mentira esmagando meu coração. — Eles não são pessoas ruins — eu disse, esperando que aquilo aliviasse um pouco da dor.

— Não são pessoas ruins? — Jahan cuspiu. — Eles te expulsaram de casa. Essa é a definição de "pessoas ruins".

— Não foi bem assim.

— Como foi, então? Eles te deram um aviso prévio? Uma boa indenização? Só te empurraram de levinho pra fora da porta?

— Jahan. Só estou dizendo que não foi como se eles tivessem me expulsado.

— Ou eles te expulsaram ou não — a voz de Jahan parecia uma multidão enfurecida, um milhão de placas de trânsito apontando para lugares diferentes. Mas, de repente, ele ficou gentil. Aquilo me matou de verdade. — Merda. Sinto muito. Não quis me intrometer. Sabe, quando você nos contou sobre a sua família, eu e o Neil combinamos que não queríamos te causar nenhum gatilho, não queríamos te forçar a falar sobre isso se você não estivesse pronto. Vem cá, a gente conversa sobre isso outra hora. Só Deus sabe como estamos cansados, e já tivemos o bastante...

— Eu nunca me assumi para os meus pais — cuspi as palavras. — Desculpa. Eu nunca me assumi pra eles. Eu nunca consegui.

Sala de interrogatório 37

Amir

Eu ainda não consigo parar de pensar na expressão do Jahan quando contei a verdade, quando falei que eu não tinha sido expulso de casa. O jeito como ele me olhou, a decepção completamente estampada em seu rosto.

Ainda não consigo parar de reviver aquela conversa.

Seis dias atrás

— **Desculpa**, deixa só eu entender o que está acontecendo — Jahan finalmente disse. — Você nunca se assumiu pra eles? Então quando você contou que eles tinham te botado pra fora...

— Era mentira. — Precisei praticamente arrancar as palavras da minha própria boca. — É difícil explicar. Eu... eu nunca tive a chance de me assumir para os meus pais. Um garoto da minha escola me viu beijando outro garoto e tirou uma foto, e ele ia mostrar a foto para os meus pais se eu não entregasse muito dinheiro pra ele, então eu fugi.

— Que porra é essa, Amir? — Jahan se aproximou, se sentando no braço da cadeira e me puxando para um abraço.

— Cara. Eu sinto muito. Isso é simplesmente outro nível de merda. Por que você não foi até a polícia?

— Não cheguei a pensar nisso — eu disse.

— Esse garoto tinha que estar preso. Deve existir alguma lei contra esse tipo de ameaça, você podia ter assustado aquele merdinha.

— Talvez.

— Enfim, isso é loucura. — Jahan disse. — Loucura total. Mas, sério, por que você não contou *isso* para a gente?

— Não sei — eu disse. — Acho que eu não queria que vocês tirassem conclusões sobre mim. Não queria ter que me explicar. Achei que vocês me encheriam de perguntas ou achariam que eu simplesmente abandonei minha família sem dar uma chance a eles. Mas eu sabia. Sabia que eles nunca iriam... Enfim, é por isso que Roma tem sido tão incrível. Quando cheguei aqui, eu estava triste porque sentia que minha família de verdade já tinha me rejeitado, mas então vocês apareceram e *se tornaram* minha família. Foi surreal. Todas aquelas vezes bebendo Prosecco no parque, eu queria me beliscar. Ou quando você e os seus amigos ficavam cantando as músicas antigas que vocês amam, eu me sentia na porra do *American Idol*. Eu não queria estragar aquilo. Não queria que tudo acabasse.

Jahan não disse nada. Seus lábios estavam pressionados em um meio sorriso.

— Durante toda a minha vida, me senti lutando uma batalha perdida em casa contra quem eu realmente sou. — Eu tentei achar as palavras certas. — Eu tinha esse placar de pontos, é difícil de explicar, mas os pontos nunca estavam a meu favor. Simplesmente nunca estavam. Então eu vim pra Roma, e os pontos começaram a subir, sabe? Eles finalmente estavam ao meu lado, e eu senti que estava vencendo.

— Isso é lindo, Amir. De verdade — Jahan finalmente disse. — Mas talvez agora você deva dar uma chance para a sua família? Pelo menos parece que eles querem falar com você.

— Talvez — eu disse, com um suspiro.

Mas Jahan não havia terminado.

— Eu só queria que você não tivesse mentido para a gente — ele continuou. — Só isso. Você não pode sair por aí fazendo uma merda dessas, amigo. A gente achava que uma coisa muito ruim tinha acontecido com você e...

— Mas uma coisa muito ruim *aconteceu* comigo.

— Bom, sim, é claro. Mas você sabe do que eu estou falando. O que aconteceu foi uma merda, mas saber que você não sentiu que podia ser sincero com a gente também é uma merda.

Eu não queria ficar bravo com Jahan. De verdade. Mas precisava de muito mais do que um "que merda" da parte dele.

— Bom. Desculpa por ter mentido — murmurei.

Jahan me encarou.

— Ei, não precisa revirar os olhos. Só estou dizendo que queria que você tivesse confiado na gente. Não estou bravo com você. É só que, junto com essa história toda do Giovanni, bom... Nada disso é certo, sabe? Nada disso.

— Sim, claro, o que aconteceu comigo em casa também não foi certo.

— Ai, sem essa Amir. Não me transforma no cuzão da história.

— Não estou te chamando de cuzão! — percebi, tarde demais, que eu estava gritando.

Jahan abriu a boca para responder, mas não disse nada.

— Amir, você está me deixando com dor de cabeça agora. E essa é a última coisa que eu preciso. Primeiro você dá uns pegas no Giovanni e o relacionamento dele acaba, e então você mente para a gente...

— É o Giovanni, então — eu disse, interrompendo Jahan. — O verdadeiro motivo pra você estar bravo comigo é porque eu fiz com que o Giovanni e o Rocco terminassem.

— Não estou feliz com isso, é verdade.

Lutei para engolir o nó na minha garganta.

— Desculpa se eu acabei me tornando um fardo pra você e para os seus amigos — eu disse, delicadamente.

— Um fardo? Pelo amor de Deus! De onde você tirou isso? — Jahan massageou a têmpora com uma mão. — Só estou dizendo que você fodeu um pouquinho as coisas, só isso. Você pegou um cara que eu achei que você seria esperto o bastante pra *não* pegar. E, se você tivesse me perguntado, eu te diria pra não ter feito o que fez. E, acima disso tudo, você mentiu para a gente sobre o que estava rolando com a sua família. O que, mais uma vez, se você tivesse me contado...

— Eu estou contando agora!

— Sim, momento ideal pra isso, Amir — Jahan disse, massageando as têmporas com as duas mãos agora. — Olha, a gente pode falar sobre isso depois? Minha cabeça está explodindo, e eu preciso voltar para os estudos.

Senti meus lábios tremendo. Queria contar a história toda para Jahan – os detalhes sobre Jackson e Jake, as ligações com meus pais que terminaram exatamente como eu esperava –, mas então percebi como ele estava nervoso encarando o livro de álgebra na mesa de centro. Percebi que eu não queria causar mais estragos além dos que eu já havia causado.

Então fui embora.

Quatro dias atrás

Uma das minhas coisas favoritas sobre o Jackson era sua habilidade de fazer playlists incríveis. Ele tinha uma em especial que se chamava "hinos tristes", e eu a amava. Ele chamava as músicas de hinos tristes porque elas eram melancólicas, mas não necessariamente deprimentes.

— Essa é a diferença entre músicas tristes e hinos tristes — ele me disse certa vez, enquanto escutávamos a playlist no carro. Seu banco estava reclinado e eu descansava a cabeça na cavidade do seu peito. — Músicas tristes são pra quando seu coração está partido.

— E hinos tristes são pra quando? — perguntei.

Ele deu de ombros.

— Pra quando seu coração está confuso, acho.

Naquele momento, meses depois, quando meu coração já não sabia mais como se sentir, eu devo ter escutado aquela playlist umas oitocentas vezes desde a minha briga com Jahan. Eu havia decorado a ordem e sabia exatamente qual seria a próxima música. Depois de "Dancing On My Own", da Robyn, vinha "Supercut", da Lorde. "Wrecking Ball", da Miley Cyrus. "Light On", da Maggie Rogers.

Passei todo aquele tempo trancado no meu apartamento, comendo bolinhos de risoto fritos da pizzaria da rua em todas as refeições. As embalagens de papel engorduradas já estavam começando a acumular no balcão da cozinha.

Meu cérebro tocava sem parar sua própria playlist confusa: Jahan estava irritado comigo? Por que Giovanni não respondia minhas mensagens perguntando se ele estava bem? E o Rocco? Ele deixou bem claro o quanto me odiava. Ele ia me machucar? Eu deveria ligar para a minha família? E, então, de volta ao Jahan – eu deveria ligar para ele?

Parecia que o chão sob os meus pés estava se desfazendo, e não havia nada que eu pudesse fazer.

Me senti solitário como não me sentia havia muito tempo. Lembrei de todos aqueles fins de semana que passei trancado no quarto, na minha casa, quando não podia contar para o Jackson sobre a ameaça de Ben e Jake, quando não podia conversar com meus pais ou com a Soraya.

Eu não deveria me sentir assim em Roma.

Fui até o Tiberino, o restaurante na ilha, para tentar trabalhar. Eu já deveria ter começado a escrever a página da Wikipédia para outra empresa que chegou até mim por recomendação dos caras das criptomoedas, um projeto inicial de uma rede social – porque era exatamente disso que o mundo precisava: mais um site para fazer amigos. Mas eu não conseguia me focar. Havia muitas pessoas no ambiente, muitos turistas e famílias felizes.

Além de tudo, minha mesa estava bamba. Aquilo era irritante para cacete. Peguei uma pilha de guardanapos e enfiei debaixo de um dos pés da mesa para deixá-la mais firme.

— O que você está fazendo?

Olhei para cima e vi a mão de Laura, cheia de anéis.

— Cara, por que você simplesmente não vai pra outra mesa?

— Todas as mesas daqui de fora estão bambas — resmunguei, me levantando. — Vocês precisam arrumar isso.

— Isso nunca pareceu te irritar antes.

Nos cumprimentamos com dois beijinhos na bochecha.

— Bom te ver — eu disse. — Meus últimos dias foram meio merda.

Laura me lançou um olhar engraçado.

— Na real, eu estava te procurando — ela disse, puxando uma cadeira para si. — Não sei se isso vai ajudar, mas precisava te dizer que... sua irmã me mandou uma DM.

— Como você conhece essa expressão... espera aí, *o quê*?

— Não respondi — Laura disse rapidamente.

Ela me mostrou a mensagem no Instagram: *Oi, desculpa se isso parecer aleatório, mas vi que meu irmão Amir criou a sua página na Wikipédia e editou algumas outras páginas sobre a Itália. Você sabe onde ele está? Ele está na Itália?*

— Ah, fodeu — eu disse, esfregando os olhos. — Merda. Merda, merda, merda. Eu realmente não precisava de mais isso agora.

— Não precisava do quê? — Laura perguntou. Havia outras pessoas em volta, então ela se inclinou para a frente e abaixou a voz. — O que está acontecendo?

— Prefiro não falar sobre isso — respondi.

— Mas vai ter que falar — Laura disse com firmeza. — Isso é suspeito pra caramba. Pensei que você tinha assassinado alguém ou cometido algum outro crime! Olhei seu Instagram e notei que você não postou nada em Roma. Preciso que você me explique o que está acontecendo.

Laura estava esperando que eu dissesse alguma coisa. Permaneci sentado com as mãos sobre a mesa, fechadas em punhos cerrados. Abri as mãos.

— Olha. Laura. Eu sou gay. E minha família, eles não estão de boa com isso. Então eu meio que só estou por aqui... me escondendo. Essa é a verdade.

— Ah — ela disse, e então, depois de uma pausa: — Sua irmã não está de boa com isso?

— Está, ela é tranquila. A questão é mais com os meus pais — eu disse.

— Eles são religiosos? — Laura perguntou. Jackson havia me feito a mesma pergunta quando conversamos sobre sair do armário para as nossas famílias.

Suspirei.

— Sim e não. É uma coisa meio cultural. Nossa cultura é muito conservadora, mesmo se você não for religioso. Tipo, meus pais nunca chegaram a conversar sobre sexo comigo. Eu sempre soube que, se eu me assumisse para eles, teria que revelar duas coisas: "Mãe, pai, primeiro de tudo eu sou um ser sexual e, ah, sim, eu gosto de garotos".

— Uau. Eu sinto muito. — Laura riu, mas havia empatia em seus olhos. — Eu não fazia ideia.

— Tudo bem — eu disse baixinho.

Laura olhou para o restaurante, ao fundo.

— Eu também não contei para os meus pais. Sobre mim. Eles não são religiosos nem nada do tipo, é só que... Sei lá.

Eles são conservadores em alguns aspectos. Eles acham que eu sou assim — ela apontou para o cabelo curto, a regata com rebites e os coturnos Doc Martens — porque sou uma artista.

Encaramos um ao outro por alguns segundos.

— Além do mais — Laura continuou. —, eu sou bi. Pode ser que no fim das contas eu fique com um homem. Isso soa horrível, não é? Tipo: "Existe uma chance de que os meus pais não me enxerguem como uma aberração de merda".

— Não, não é horrível! Acho que é uma coisa totalmente razoável de se pensar — eu disse. — Sua vida seria bem mais fácil.

— Mas a vida não foi feita pra ser fácil, sabe?

— Às vezes eu queria que tivesse sido.

— Não foi fácil para o velho Bartolomeu ali — Laura disse, apontando para a igreja. Ela fez um gesto como se arrancasse a pele do próprio rosto e quase morri de tanto rir. Um homem velho que lia o jornal em uma mesa ao lado da nossa começou a resmungar em italiano com a gente, e Laura o respondeu na lata.

— Caramba — eu disse. — Você é muito fodona, sabia?

— Claro que sim.

Reclinei um pouco na cadeira e soltei o ar.

— Então, o que pessoas da nossa idade fazem em Roma? Eu tenho andado com um monte de gays mais velhos aqui, e acho que talvez seja a hora de... conhecer outras pessoas.

— Sinceramente? Nada de muito empolgante — Laura disse. — Prefiro minha faculdade nos Estados Unidos. Eu e minha namorada nos conhecemos numa dessas festas de fraternidade, igual aos filmes. Mas, ainda assim, Roma pode ser um lugar bom. Você tem que sair pra beber alguma coisa comigo e com meus amigos qualquer dia desses.

Assenti.
— Sim. Seria um prazer.

Naquela noite, encontrei Neil no Rigatteria para a nossa aula de italiano. Foi um grande alívio finalmente ter notícias dele; a gente não se falava fazia alguns dias e eu estava começando a acreditar que ele também estava bravo comigo.

— Sentimos sua falta no fim de semana — Neil disse. Nós estávamos sentados na mesma mesa pequena no canto onde tivemos nossa primeira aula.

— Sem essa, vai. Você sabe que não tinha nenhuma chance de eu aparecer por lá — eu disse.

— Do que você está falando?

Olhei para ele. Percebi que Neil realmente não tinha a menor ideia do que havia acontecido. Expliquei todo o drama: a pegação, o término, Jahan descobrindo tudo.

— Ei — Neil disse, alisando meu ombro. — Nada disso é culpa sua.

— Eu não deveria ter ficado com o Giovanni.

Ele deu de ombros.

— Tudo bem, sim. Talvez você não devesse ter feito isso mesmo.

— Aff! — Dei uma cotovelada de leve nele, e ele riu.

— Eles eram um casal complicado, de qualquer forma — Neil disse. — Iam terminar uma hora ou outra. Eu fiquei com o Rocco por um tempo, há muitos anos e, meu Deus. Sei bem como ele é. Combinado com o jeito do Giovanni... Bom, era só uma questão de tempo.

Observei as pulseiras no braço de Neil – uma feita de miçangas azuis-turquesa, e outra de miçangas pretas. Eu já havia perguntado antes, e ele me explicou que uma foi presente de uma ex-namorada, da época em que ele era "hétero", e a outra ele comprou com Francesco quando fizeram uma viagem repentina para Madagascar no aniversário de um ano de namoro. Então, vi a aliança de noivado em seu dedo.

— Lembra quando você me disse que às vezes nem se reconhece mais? — eu disse, apontando para o anel. — Logo depois que Francesco te pediu em casamento. Você estava bêbado e comentou, tipo, "às vezes nem acredito que agora sou uma pessoa séria e comprometida". É engraçado porque essa é a única versão de você que eu conheço. É difícil acreditar que um dia você já ficou com o Rocco.

— Eu acho que existe muito mais além do que as pessoas enxergam — Neil disse.

— Sim. Falando nisso — hesitei, e então me virei para ele. — Eu não disse a verdade pra vocês sobre a minha família. Eles nunca me expulsaram. Eu saí de casa antes de ter a oportunidade de me assumir pra eles.

Neil arregalou os olhos.

— Uau.

— É uma longa história, mas em resumo um garoto da minha escola ia me expor, então eu fugi.

—Ah.

— E eu não pensei que... — mordi os lábios. — Eu queria ter contado pra vocês desde o começo. Queria poder voltar no tempo até aquele jantar, criar coragem e dizer a verdade.

— Você está dizendo a verdade agora — Neil respondeu.

Tentei sorrir.

— Não sei o que é pior, isso ou a coisa toda com o Giovanni.

— Mais uma vez. Não. É. Sua. Culpa.

— Mas foi muita estupidez da minha parte. Giovanni tinha me convidado pra ir para a Úmbria, e eu achei que talvez nós pudéssemos ser amigos e eu não ficaria tão sozinho depois que o Jahan fosse embora.

— Hm, alô? Eu não sou seu amigo? — Neil me cutucou. — Na verdade, tive uma ideia. Vem comigo e com o Francesco para a nossa casa nas montanhas. Não é nem de longe tão glamourosa quanto a casa de campo do Giovanni na Úmbria, mas a vista é incrível. Vamos subir a serra logo depois da festa de despedida do Jahan.

Eu queria muito aceitar, mas não sabia se podia confiar em mim mesmo. Depois da bagunça que causei no relacionamento de Giovanni e Rocco, eu estava com medo de fazer o mesmo com Neil e Francesco. Mas então, pensei comigo mesmo: Neil era um amigo de verdade. E aquele era um convite genuíno e amigável.

— *Grazie* — eu disse. — Eu adoraria ir.

Desistimos da aula de italiano e subimos para o terraço. Cerca de vinte pessoas bebiam e conversavam sob as luzes flutuantes, um grupo misto de homens e mulheres, jovens e velhos, enquanto uma banda tocava música *folk*.

— Então, aquela cantora que eu comentei com você — eu disse. — Conversei com ela hoje. Ela disse que minha irmã mandou uma mensagem pra ela no Instagram. Dá pra acreditar?

Neil pareceu surpreso.

— O que ela disse?

— Minha irmã queria saber onde eu estou — suspirei. — Sinto muita saudade dela. De verdade. Eu estava pensando que, talvez, se eu ganhar dinheiro o bastante, eu possa comprar uma passagem de avião pra ela vir me visitar. Mas não quero que ela saiba onde estou. Ainda não.

— Você já tentou conversar com a sua família? Sei que você disse que fugiu sem ter se assumido pra eles, mas agora que eles já sabem...

— Não dá — eu disse, interrompendo Neil. — Não mais. Vai por mim. Eu já tentei.

— Como você sabe se eles já não estão de boa com isso?

Suspirei mais uma vez.

—Acho que não sei. Não sei se algum dia eles ficarão de boa. Mas por que eu deveria interromper minha vida, tornar tudo mais difícil, só pra eles entenderem algo tão simples a meu respeito?

Neil não respondeu nada. Meus olhos vagavam pelo palco onde a banda estava tocando.

— Sabe, aquela cantora e eu somos meio que amigos agora. O nome dela é Laura Pedrotti. Eu poderia perguntar se ela quer se apresentar aqui. Ela é incrível. Eu escutei as músicas dela no Spotify, e ela é talentosa demais.

— Ah, claro — Neil disse, ainda meio ausente. — Seria ótimo.

— Legal. Vou perguntar a ela assim que a gente voltar das montanhas.

Sala de interrogatório 38

Roya Azadi

Só queríamos nosso filho de volta. Já tinham se passado semanas desde que ele havia sumido. Eu chorava toda noite até cair no sono. Não conseguia enxergar mais nada com clareza; estava buscando desesperadamente por uma explicação, por qualquer coisa que fizesse sentido, porque o que não fazia sentido era não ter Amir em casa.

Eu e meu marido passamos dias ligando para ele, mas ele não atendia. A última coisa que queríamos era que ele se sentisse abandonado por nós. Nós sabíamos como o tom da nossa última ligação poderia ter afetado ele. Então fomos conversar com a Soraya.

Sala de interrogatório 38

Soraya

Eles foram até o meu quarto quando eu estava ensaiando a cena de "Memory" pela milionésima vez. Eu tinha acabado de chegar na mudança de tom. Touch me! It's so easy to – Hm, essas paredes são à prova de som, né? Enfim, eles bateram na porta e pediram pra conversar comigo.

Conversar com meus pais sabendo que Amir estava em Roma fez meu estômago doer. Mesmo tendo parado de falar sobre Amir, eu pensava nele constantemente. Então, quando eles se sentaram na minha cama e perguntaram: "Soraya, você sabe onde seu irmão está?", eu achei que ia explodir. Meu corpo inteiro gritava.

Eu disse a eles que sabia, sim, mas não ia contar. Eles não gostaram muito dessa resposta.

Antes de contar tudo, fiz meus pais prometerem que tentariam entender. Fiz eles prometerem que escutariam o Amir. Que, independentemente de qualquer coisa, continuariam o amando.

E minha mãe ficou tipo: "Mas é claro que vamos amá-lo". Ela disse: "Nós amamos você e o seu irmão mais do que tudo. Haja o que houver". Meu pai não disse nada.

Então eu contei a eles. Mostrei o post no Instagram em que Amir lia um poema em um bar. Foi aí que entramos em contato com o Neil.

Sala de interrogatório 39

Afshin Azadi
Prefiro não entrar em detalhes sobre nossa briga no avião.

Três dias atrás

Eu não sabia se era uma boa aparecer na festa de despedida de alguém que talvez me odiasse, mas fui mesmo assim. Parecia errado não estar presente na última noite de Jahan em Roma – mesmo que isso significasse encontrar Giovanni e Rocco.

Era uma festa surpresa. As pessoas começaram a chegar, e estávamos esperando por notícias do Jahan depois da prova de álgebra. Eu mal conhecia metade daquelas pessoas no terraço do Rigatteria. Alguns rostos me eram familiares por causa do Garbo, como a mulher com a frase REVOLTA FEMININA tatuada.

Como seria minha vida em Roma sem Jahan? Era uma coisa egoísta de se pensar enquanto nos escondíamos atrás de todos os móveis, portas antigas e espelhos, nos preparando para a última grande noite de Jahan em Roma, mas que mesmo assim não saía da minha cabeça. Eu tinha certeza de que, nos últimos dias, já havia provado o gostinho de como seria. Imaginei minha vida em Roma como o piercing no mamilo da história de Jahan, pendurada por um fio.

— Ele passou! — alguém gritou. — Ele passou na prova! Mas agora está dizendo que está cansado e não quer sair pra beber com a gente.

— *Cazzo*.

— Manda ele arrastar a bunda dele até aqui — Neil disse.

Ficamos em silêncio enquanto alguém ligava para Jahan exigindo que ele saísse para "um drinque". "*Stronza, vieni qui*", disseram a ele pelo telefone. "Piranha, vem pra cá." Pelo menos meu italiano estava melhorando.

Por fim, Jahan concordou, e todos ficamos a postos esperando. Finalmente, alguém sussurrou que ele estava subindo as escadas.

— *Sorpresa!*

— Surpresa!

Jahan ficou no chão; ele literalmente caiu no chão, rindo e chorando. Ele estava tão leve depois de ter passado na prova. Flutuando pela multidão. Ele abraçou todo mundo. Mas, quando chegou em mim, ele apenas sorriu e me deu um abraço rápido. Meu abraço pareceu realmente mais breve do que os outros, como se ele mal fizesse questão da minha presença ali.

Havia um projetor no terraço, exibindo fotos e vídeos antigos de Jahan com seus amigos. Toda vez que eu olhava para as imagens, via um Jahan mais jovem com cabelo verde, ou Jahan dançando no saguão de algum museu que eu não reconhecia, ou Jahan e Rocco fantasiados de Sonny e Cher no Halloween. Tudo aquilo me fez pensar que talvez eu não conhecesse Jahan tanto quanto imaginava.

Meus pais amavam ver fotos e vídeos antigos meus e da Soraya em casa. Lembro que, apenas alguns meses antes, logo depois que Ben e Jake começaram a me ameaçar,

estávamos reunidos na sala de estar, comemorando o Ano-
-Novo persa, que sempre cai no primeiro dia da primavera.
Meu pai colocou um vídeo de quando eu tinha seis anos.
Soraya era um bebê e, no vídeo, eu observava curiosamente
o rosto dela e suas bochechas. De repente, ela soltava um so-
luço e começava a chorar. *"Aww, jigari"*, um termo carinhoso
esquisito que significa "fígado".

Aquele momento me fez pensar se não devíamos aos nossos pais aquele tipo de felicidade, simples e sem filtro, pelo
resto da vida. Por que eles não achavam mais os nossos so-
luços fofos como naquela época? Quem havia mudado? Eles
ou eu?

Ao longo da noite, Jahan ficava parando e observando
a tela do projetor também. Ele estava perdido na nostalgia.
Eu mal existia para ele naquela noite. Era como se aquele verão nunca tivesse acontecido. Éramos como estranhos
em um bar. A festa continuou e, a alguns passos de distância, escutei Jahan falando sobre como estava aliviado por
ter se livrado da álgebra.

— Era como se a coisa que eu mais queria em toda a
minha vida — ele disse —, dependesse de uma coisa na qual
não sou bom.

Um grupo de italianos estava de pé conversando e rindo no
fundo do bar, ao lado de um espelho quebrado. Reconheci um
deles, uma garota com cabelo punk, amiga de Rocco. Outras
duas garotas sussurravam em italiano perto de mim. Encontrei
Neil e fiquei andando com ele por um tempo.

— Giovanni e Rocco não vieram — Neil me disse.

Assenti, com o olhar fixo em Jahan. Ele balançava os pés
e as mãos com empolgação.

— Melhor assim — murmurei.

As pessoas ao redor de Jahan caíram na gargalhada.

Fiquei lá até o fim da festa. Apesar de morar em Testaccio, caminhei de volta para Trastevere com Jahan e um dos seus amigos, cujo nome não me lembro. Eles gritavam palavrões em italiano pelas ruas, enquanto atravessávamos a ponte do rio Tibre. Foi uma longa caminhada e, na maior parte do tempo, fiquei quieto. Por mais que eu quisesse participar, não suportava a ideia de falar sobre os meus problemas, não na última noite de Jahan em Roma.

Nós nos despedimos em um pequeno cruzamento em Trastevere. Não foi nada de mais. Seco. Como se estivéssemos nos despedindo ao fim de uma noite comum. Não falamos nada sobre manter contato, nada sobre o tempo que passamos juntos em Roma e o que eu aprendi com ele. Jahan deixou Roma, nossa Roma, assim como eu deixei minha família.

Sala de interrogatório 38

Roya Azadi
Não quero parecer rude, mas por que isso está demorando tanto? Quer dizer que o Amir não para de falar? Se você puder, por gentileza, dizer a ele que ele pode conversar com a gente, eu agradeceria.
Posso perguntar do que é que você está rindo? Sim, acredito que o que escutei foi uma risada, sim. Espero não estar sendo desrespeitosa, mas acredito que, quando eu disse que Amir pode conversar com a gente, você riu. Soraya, por favor. Está tudo bem. Deixa que eu resolvo.
Policial, eu percebo o jeito como você olha para mim: para as minhas roupas, minha pele, meu sotaque. Você acha que eu não seria capaz de entender meu filho. Por causa da minha cultura, você já criou algumas hipóteses a respeito das minhas crenças. Não vou mentir... foi bem difícil descobrir que Amir é gay. Não tem sido nada fácil. Para mim e para o meu marido. Mas estamos dando o nosso melhor.
Não me sinto confortável falando sobre isso. Estou desconfortável desde que começamos com isso. Por outro lado, esse

país às vezes parece fazer questão de me deixar constrangida, assim como está acontecendo agora. É normal para mim sentir como se eu estivesse em uma festa para a qual não fui convidada. Ser interrogada. Ter todos os meus valores e detalhes da minha existência questionados.

Soraya, você provavelmente vai passar por isso na sua vida também. Pessoas vão te deixar desconfortável. E, na minha opinião, não, na maior parte das vezes é melhor você não causar alarde. Nunca deixe as pessoas te atingirem. Mas vai chegar uma hora em que você vai precisar se defender, quando as coisas que você mais ama forem questionadas.

Você olha para mim, senhora, como se eu fosse incapaz de amar meu próprio filho. E isso dói. Porque não importa de onde eu vim, sou mãe antes de qualquer outra coisa. Desde que Soraya nos contou que Amir é... que ele é gay, tenho imaginado como a vida dele seria diferente vivendo dessa forma. Como seria mais difícil. Tenho tantas perguntas. Eu não entendo totalmente o que ele está passando. Mas, em todos os cenários que imagino, estou presente na vida do meu filho. Estou ao lado dele. Eu sempre, sempre estarei ao lado de Amir.

Sala de interrogatório 39

Afshin Azadi

Dois dias atrás

A viagem de carro para as montanhas foi espetacular. Neil sentou na frente com Francesco, enquanto eu fazia companhia aos cachorros no banco de trás. Passamos por estradas cheias de curva e vento, e, conforme nos aproximávamos das montanhas, passamos por rolos de feno em formato de rocamboles gigantes. Um dos cachorros estava acomodado embaixo do banco do motorista, e a outra descansava a cabeça na janela, suas orelhas grandes balançando contra o vento.

Ao lado dela, olhei pela janela, pensando em como eu havia deixado as coisas em Roma. Isso se eu ainda tivesse alguma coisa esperando por mim lá. Não tinha notícias de Valerio desde nosso encontro na Capela Sistina e estava com medo de mandar mensagem – ele provavelmente já sabia o que tinha acontecido, que eu havia ficado com Giovanni e arruinado o relacionamento dele. E, provavelmente, não queria mais saber de mim. Seu coração já tinha sido partido uma vez. Por que arriscar de novo?

A cachorra lambeu meu rosto e eu sorri.

Naquela tarde, fizemos um piquenique em um campo amplo. O ar estava refrescante. A grama era alta, balançando ao nosso redor. Estávamos cercados pela vista mais espetacular das montanhas e da planície, cheia de campos verdejantes infinitos. A distância vi uma cabana.

— É para os pastores do rebanho — Neil explicou.

Tudo tinha um clima muito O *segredo de Brokeback Mountain*. Francesco havia preparado uma cesta com presunto de Parma, pão e vários tipos de queijo. Fizemos pequenos sanduíches e nos deitamos em uma toalha de piquenique, aproveitando o ar fresco e gelado.

Demos uma volta em Áquila. Era uma cidade italiana antiga, a uma hora e meia ao norte de Roma, que havia sido destruída por um terremoto uma década atrás. Andar por lá foi surreal. Era como se a cidade inteira estivesse prendendo a respiração. Caminhamos por ruas cobertas onde, de um lado, havia uma casa antiga com paredes amarelas, coberta de terra até a metade, caindo aos pedaços, enquanto, do outro, havia andaimes e uma construção nova, mas deserta. Havia mansões abandonadas. Obras com guindastes pendendo nas alturas, mas sem ninguém trabalhando. Francesco disse que, logo depois do terremoto, a cidade imediatamente entrou em processo de revitalização, tentando se reconstruir, mas acabaram ficando sem dinheiro. De repente, os projetos pararam. Ele disse que torcia para que as obras retornassem em breve.

Jantamos em um restaurante a céu aberto, escondido da civilização, no que parecia ser o meio da floresta. Foi a melhor refeição da minha vida. O dono do restaurante apareceu e explicou, em italiano, que eles não tinham nenhum funcionário. Toda a cozinha era comandada pela família. A avó, a *nonna*, nos serviu todos os pratos de comida. E foram tantos: uma tábua de carnes e queijos com javali selvagem e alce – carnes que nunca imaginei que experimentaria um dia; uma sopa de abóbora que, a princípio, me deixou receoso, mas que agora eu queria poder compartilhar com todo mundo e, é claro, as massas. Uma massa feita com tinta de polvo, fresca como se tivesse acabado de ser tirada do oceano, um carbonara com o sabor característico da gema de ovo e um rigatoni ao molho de tomate que me deixou extasiado. Terminamos a refeição com uma sobremesa – relutei porque já estava cheio, mas Francesco e Neil insistiram –, e que bom que insistiram. Eu morreria feliz se aquele tiramissu fosse minha última refeição.

De volta à casa nas montanhas, um apartamento pequeno em um condomínio dividido com outra família, dormi em uma cama suspensa. Eu estava aliviado porque não havia nenhuma tensão sexual – não que toda aquele comida fosse permitir, conforme eu havia aprendido com Valerio. Na verdade, Francesco e Neil foram muito simpáticos. Assistimos a um filme antes de dormir: *Milk: A voz da igualdade*, já que, assim como Jahan, Neil também estava decepcionado porque eu nunca tinha visto. Eu chorei. Pensando agora, dá uma tristeza lembrar daquele dia perfeito nas montanhas. Caí no sono tão cheio, tão feliz. E agora estou com fome de novo. Faminto não só por comida, mas pelo amor que eu acreditava ter na Itália.

Sala de interrogatório 39

Afshin Azadi
Isso é um absurdo; eu jamais machucaria meu filho. Foi só uma discussão. Uma briga. Queria não ter levantado a voz daquele jeito, em público e em um avião, ainda por cima, mas aconteceu. Você pode garantir a todos os outros passageiros que não há motivo para preocupação; eu jamais encostaria um dedo sequer no Amir.
   Sim, é claro que eu amo meu filho! Eu amo meu filho mais do que consigo expressar. Eu não gosto dessa... parte dele que você insiste em mencionar, essa parte específica que foi o motivo da nossa discussão no avião. Mas eu amo o Amir.
   Pela sua expressão, acredito que você esteja confuso. Não vou mentir, eu também estou. Não sei, ainda não descobri como conciliar esses dois sentimentos. Continuo dizendo ao Amir que vamos dar um jeito nisso. Mas e se ele não mudar?
   Essa foi a parte que mais me magoou. Ele ficava dizendo: "Isso não vai passar. Eu não vou mudar". Porque, se Amir não mudar, a imagem que eu tive dele por toda a minha vida, do futuro dele, vai por água abaixo. Eu o imaginava com um certo

tipo de emprego, uma casa, um bom salário e uma esposa, um tipo específico de vida. Não porque sou careta, mas porque quero que meu filho tenha uma vida feliz e estável. Porque sei do que ele é capaz.

Quando Amir era mais novo, resolvíamos a tabuada no consultório médico. A mãe dele sempre foi muito preocupada com a saúde do menino, então bastava uma tosse ou um espirro para que ela me fizesse levá-lo ao médico. Então estávamos sempre lá e usávamos matemática para passar o tempo. Ele era brilhante, o Amir. Sabia todas as respostas: seis vezes nove, doze vezes quinze, vinte vezes vinte e dois. Em um piscar de olhos, resolvia todos os problemas que eu passava. Lembro de como eu imaginava que um dia ele seria médico também. Talvez um cientista como o pai. Meu filho iria muito mais longe do que eu. Eu tinha certeza.

Então é difícil, senhor, ver como ele mudou tão drasticamente. Isso muda os planos que eu tinha para ele.

O mundo é um lugar difícil, senhor. Ainda mais para quem é diferente. Sou a prova viva disso. Não quero que Amir descubra isso da pior forma possível.

Quando tinha meus vinte e poucos anos, eu conheci um garoto chamado Michael. Nós éramos parceiros de laboratório durante meu doutorado. Michael era um gênio. Naquela época eu não era uma pessoa muito organizada – eu não tinha todos os parafusos no lugar –, mas, graças ao Michael, passei em todas as matérias avançadas de química. Éramos um time. Um dia perguntei ao Michael se ele tinha namorada, e ele me disse que não, disse que ele era... que ele não tinha interesse em mulheres. Fui educado, mas acho que Michael entendeu o recado. Estávamos no fim do semestre e, no semestre seguinte, nós dois escolhemos outros parceiros de laboratório.

Perdi contato com o Michael. Semana passada, enquanto eu pensava em Amir, procurei por Michael no Facebook e o encontrei. Ele está vivo. E parece feliz com, hm, sua família. Lembro daquela época quando eu era estudante, como me senti enojado – quase traído – por causa do que eu havia descoberto a respeito do meu parceiro de laboratório. Não sei como me sinto sobre isso agora, mas mandei uma solicitação de amizade para Michael. Ainda estou esperando para ver se ele aceita.

Não quero perder Amir do mesmo jeito. Meu amor por Amir, o garoto que criei fazendo tabuada no consultório médico, o garoto que ensinei a dirigir, o garoto que eu... é grande demais. Não posso perdê-lo.

Então, respondendo sua pergunta, sim. Eu amo o Amir. Posso não ter certeza a respeito de todas as outras coisas, mas tenho certeza de que amo meu filho.

Um dia atrás

Havia alguém batendo gentilmente na minha cama. Levei a cabeça até a beirada da cama com a vista ainda meio semicerrada. Neil estava de pé e o sol brilhava atrás dele pelos vidros da porta de correr do apartamento.

— Ei — Neil disse. — Ei, Amir. Acorda.

— *Buongiorno* — eu disse, abrindo os olhos.

Neil estava me olhando de um jeito sério. Ouvi passos do lado de fora, como um grupo de pessoas subindo as escadas do apartamento.

— Eu realmente não sei como te dizer isso... — Neil se perdeu nas próprias palavras.

Os passos ficaram cada vez mais altos, até chegarem à varanda do apartamento. Olhei confuso para Neil. Então a porta de correr se destrancou e Francesco apareceu com três pessoas que eu conhecia muito bem.

Era a minha família.

Dei um salto e me escondi debaixo do cobertor. Eu parecia uma criança com medo do escuro. *Se o monstro não me vir, não vai me achar.*

Neil bateu no estrado embaixo da cama.

— Amir, sei que isso te pegou de surpresa...

— Não, não, não. *Não!* — gritei. — O que diabos está acontecendo, Neil? Por que você não me contou sobre nada disso?

Neil olhou para os meus pais, nervoso.

— Tivemos medo de que, se você soubesse, tentaria fugir de novo.

Eu conseguia ouvir a respiração pesada da minha mãe, do meu pai e da minha irmã. Um número infinito de perguntas girava na minha cabeça. O que estava acontecendo? Como eles me encontraram aqui? Francesco e Neil estavam metidos nisso?

Uma parte de mim queria descer da cama e pular no colo da minha mãe e encher Soraya de beijos, mas continuei escondido embaixo do cobertor.

— Amir — minha mãe sussurrou meu nome. Ela estava tão perto; eu conseguia ver seus dedos a alguns centímetros de mim, na borda do colchão. Eu queria tanto esticar o braço e segurar sua mão. — Por favor, desce. Por favor. Eu te amo, *joonam*. Volta pra casa.

— Volta pra casa, Amir — minha irmã implorou.

— Vamos, *baba jaan* — meu pai disse. — Vamos.

Eu estava encurralado. Olhei por cima do cobertor e lá estavam eles, lado a lado: Maman, Baba, Soraya. Seus olhos estavam cansados; os da minha mãe até inchados e vermelhos. Meu peito ardia, como se eu estivesse brincando com fósforos e, de repente, um deles tivesse acendido, colocando todos os outros em chamas.

— O que vocês estão fazendo aqui? — perguntei rispidamente.

Minha mãe e meu pai se entreolharam.

— Vocês não me querem de volta — eu disse. — Vocês não *me* querem. Já falamos sobre isso no telefone.

— Isso não é verdade — Neil disse. — Amir, olha. Eu conversei com os seus pais. Eles me garantiram que te amam.

— Ele se virou para minha mãe e meu pai. — Do jeito que você é. Não há nada com que se preocupar.

Não acreditei. Pulei da cama, ficando frente-a-frente com minha família pela primeira vez desde o dia da formatura. A diferença é que, na manhã da cerimônia, eles achavam que sabiam quem eu era. Já ali, na Itália, eles me olhavam como se eu fosse um completo estranho e me encaravam de cima a baixo enquanto eu estava de cueca, camiseta branca e com o cabelo bagunçado.

Passei direto por eles, correndo em direção à porta. Soraya tentou me pegar pelo braço, mas consegui escapar. Corri escada abaixo, mas, quando estava chegando ao segundo lance, virei o tornozelo e rolei por seis degraus até o pequeno quintal gramado. Dei com a cara em um vaso de flores de cerâmica que ficava ao lado da escada. Tentei me levantar, mas todo o lado esquerdo do meu corpo pulsava.

— Amir! — ouvi a voz e os passos da minha mãe, descendo as escadas. Ela se ajoelhou ao meu lado. Seu rosto tão perto do meu, acariciando minha bochecha como se eu fosse uma criança.

— Não posso voltar — solucei. — Não posso. Já estou aqui. E não posso voltar. Não posso voltar. Não posso voltar.

Eu balançava a cabeça e meu peito subia e descia bruscamente.

Minha mãe simplesmente me abraçou e me fez cafuné.

— Amir, queremos que você volte. Por favor, vamos pra casa. Está tudo bem. Nós te amamos. Por favor, volta pra casa.

Vi meu pai descendo as escadas, três degraus de cada vez, seu olhar totalmente focado enquanto ele trazia um pano úmido para a minha mãe. Minha irmã a ajudou a limpar meus machucados e a tirar a terra das minhas bochechas. Tentei protestar, mas eles não deixaram. Parei de falar, parei até mesmo de choramingar quando me dei conta de uma coisa: eu ainda era filho deles. Irmão da Soraya. Mesmo que eles soubessem que eu era gay – depois de arriscar toda a minha sorte, depois de ver todo o meu placar quebrar e perder todos os pontos, depois de não ter mais nada para pontuar –, eles ainda eram minha família.

Sala de interrogatório 37

Amir

Como eu estou? Nervoso. Emotivo. É como se ontem eu estivesse no meio de uma tempestade de areia e hoje pudesse voltar a enxergar tudo com clareza.

Estou com este pensamento terrível martelando a minha cabeça desde a volta de carro pra Roma com a minha família. É horrível dizer em voz alta, mas... Eu não precisava ter voltado com eles. Tudo aconteceu muito rápido, e o fato de eles terem voado até a Itália – aquilo mexeu comigo. Então eu fui. Mas, enquanto a gente dirigia pelo interior da Itália, fiquei a maior parte do tempo em silêncio no banco de trás com Soraya.

Minha mãe até perguntou se eu queria parar em algum lugar pra vestir uma roupa limpa, mas eu disse que não. Desculpa, senhor. Se eu soubesse que ia acabar aqui, conversando com você por tanto tempo, eu teria pelo menos tomado um banho.

Mais tarde naquele dia

Chegamos a Roma no meio da tarde para buscar minhas coisas. Meu apartamento ficava no quarto andar, o primeiro no corredor depois das escadas. Enquanto subíamos, Soraya não parava de reclamar sobre como estava quente. Ela tinha certeza de que o calor arruinaria suas cordas vocais. Minha mãe comentou sobre como as flores no jardim central do prédio eram bonitas. Meu pai carregou minha mochila e não disse nada.

Quando chegamos à minha porta, enfiei a chave na fechadura e, por um segundo, fechei os olhos. Então, abri a porta.

Soraya entrou primeiro.

— Você estava morando *aqui*? — Seus olhos examinaram o cômodo, a cozinha pequena no fundo, a cama por fazer ao lado da janela.

— Sim — eu disse.

Ela colocou as mãos na cintura.

— Meu closet é maior do que isso aqui.

— Soraya — minha mãe a repreendeu.
— Você nem tem um closet — eu disse, olhando para ela.
— Exatamente — ela respondeu com um sorriso. — Como você conseguiu pagar por um lugar desses?
— Soraya! Ei! — minha mãe a repreendeu novamente.
Tentei não sorrir. *Você ficaria surpresa se soubesse quantas pessoas estão desesperadas por uma página na Wikipédia*, eu queria ter dito. Talvez em outro momento. Ainda tínhamos muito para conversar.

Meu pai se sentou no pequeno *futon* ao lado da cama.
— Que apartamento bacana — ele disse, com os braços atrás do pescoço. — Muito melhor do que os apartamentos onde eu morei antes de conhecer sua mãe. Ela que deu um jeito na minha vida.

Eu o encarei. Minha mãe pigarreou, sem graça.
— Vamos fazer as malas do Amir — ela ordenou.

Guardei o restante das minhas roupas na mala e na mochila. Meus pais começaram a empacotar as panelas e vasilhas, mas eu disse que nada daquilo era meu, que o apartamento já era mobiliado. Minha mãe foi limpar o banheiro porque queria se sentir útil, já que a locatária – uma artista idosa que morava no primeiro andar – havia me mandado uma mensagem no WhatsApp dizendo que eu deveria deixar o lugar *immacolato*. Imaculado.

Um minuto depois, minha mãe saiu do banheiro segurando um bastão de neon empoeirado.
— Amir, você vai querer levar isso?

Encarei o objeto por um momento, me transportando brevemente para o Rigatteria, para Valerio.
— Sim, vou levar.

Enfiei o bastão no bolso.

Eu não estava pronto para fazer as malas, muito menos para ir embora de Roma.

Nosso voo de volta estava marcado para a manhã seguinte, então minha família quis sair para jantar.

— Vamos comer pizza! Estamos na Itália! Nos leve à melhor pizzaria, Amir — meu pai disse, com uma empolgação exagerada.

Caminhamos até uma pizzaria onde eu sabia que encontraria mesas externas, ao lado da Piazza Testaccio. Enquanto atravessávamos o parque, vi que a fonte de mármore parecia mais viva do que nunca e imaginei Jahan e seus amigos espalhados pelos bancos, abrindo uma garrafa de Prosecco, servindo a bebida em copos de plástico. Meu coração batia forte – não só pela possibilidade de encontrar algum dos amigos de Jahan, mas também porque aquelas tardes já haviam se tornado uma lembrança distante.

Qual era o sentido de existir Roma sem Jahan? A cidade parecia vazia agora.

Eu e minha família nos sentamos a uma mesa na calçada. O cardápio era enorme, e meus pais fizeram um milhão de perguntas ao garçom – mesmo depois de ele nos trazer o cardápio em inglês. Soraya e eu reviramos os olhos, do jeito que sempre fazíamos sempre que nossos pais nos envergonhavam. Minha irmã estava muito bonita com os cabelos castanhos e brilhantes balançando ao vento.

Depois de pedirmos, entrei no restaurante para ir ao banheiro. Minha mãe encarou meu pai com os olhos arregalados e preocupados.

— Sério isso? Não se preocupem — eu disse. — Não vou fugir de novo.

Andei entre as mesas lotadas do lado de dentro até conseguir perguntar a um dos garçons onde ficava o banheiro – *dov'è il bagno*. Mas o negócio é que eu reconheci aquele garçom no momento em que a pergunta saiu dos meus lábios.

— Valerio? — balancei a cabeça. — Você trabalha aqui?

— Amir! Ai, desculpa não ter mandado mensagem. Foi um fim de semana corrido. Tive que trabalhar vários turnos, e achei que fosse te ver na última festa no Rigatteria, mas não te vi, e eu estava pra te mandar mensagem, mas...

— Tudo bem — eu disse.

Valerio me puxou para o canto, liberando espaço no corredor para que outro garçom pudesse passar. Eu recuei quando senti seu toque em meu braço. Valerio arqueou uma sobrancelha.

— Você veio com quem? — ele perguntou. — Acredito que não seja um encontro, já que você não mistura comida italiana com romance.

Desviei o olhar e sorri.

— Isso é simplesmente impraticável.

— A mistura de comidas, sim — Valerio disse. — Já sobre o encontro, tudo bem. Eu não ficaria chateado se você estivesse com outra pessoa. Você é um americano em Roma. Imagino que deve ser muito requisitado.

Olhei de volta para ele. Olhamos um para o outro por um momento, Valerio e eu. Eu inspecionava seu rosto para tentar descobrir se ele sabia sobre Giovanni, sobre a confusão que causei, sobre como eu estava nervoso por conversar com ele, mas tudo o que vi foi o rosto de um garoto italiano com aqueles olhos caídos irresistivelmente fofos e irresistivelmente doces.

— Estou aqui com a minha família — respondi, finalmente.

O rosto de Valerio explodiu.
— O que?
— *Eccolo* — eu disse, apontando para eles na mesa do lado de fora.
— Uau. Estou tão feliz por você — Valerio disse, apertando meus ombros. — Vocês estão resolvidos então?
Dei de ombros.
— Talvez. Vamos ver.
Valerio olhou para o chão.
— Isso significa que você vai voltar. Para os Estados Unidos.
— Sim. — Coloquei a mão no bolso e... ah, meu Deus. O bastão de neon.
Valerio deve ter notado minha reação, porque ele disse:
— Foi mal, mas preciso perguntar: isso no seu bolso é um celular ou você está feliz em me ver?
— Não acredito que você usou essa cantada.
— Eu sempre quis dizer isso! É tão americano.
Tirei o bastão do bolso. Valerio ficou chocado.
— Mentira! — ele disse, surpreso, e pegou o bastão da minha mão com uma risada. — Você é doido.
— Talvez eu seja. — Balancei a cabeça. — Mas você é mais. Foi ideia sua querer me beijar no Vaticano.
— E eu faria tudo de novo — Valerio disse. Ele mordeu os lábios e sorriu. — Preciso voltar ao trabalho. As pizzas estão esfriando. Mas me promete uma coisa, Amir. O garoto que eu conheci no Rigatteria, aquele que eu beijei atrás da porta no Vaticano, me promete que ele não vai a lugar nenhum. Que ele vai continuar aqui. — Valerio apontou para o meu coração. — Independentemente da aprovação dos outros.
Eu o puxei pelas mãos e abracei Valerio com força.

— Boa sorte com a sua mãe — sussurrei no seu ouvido.

— Boa sorte com a sua família — Valerio respondeu.

Quando dei a volta, percebi que minha família estava nos observando.

Depois de ir ao banheiro, voltei para a nossa mesa do lado de fora, quase derrubando um vaso de plantas enorme no meio do caminho.

— Quem era ele? — Soraya perguntou assim que eu me sentei.

— Ele quem?

— O garoto que estava conversando com você.

Olhei para os meus pais. Os lábios da minha mãe cerrados em uma linha reta. O olhar do meu pai passeando pela mesa.

— Só um amigo — murmurei.

No momento em que aquela palavra saiu dos meus lábios eu me odiei. *Amigo*.

Alguns segundos se passaram. Parecia que estávamos todos prendendo a respiração.

— Roma é linda — minha mãe disse, quebrando o silêncio. — O que você conheceu por aqui, Amir *joon*? O Coliseu?

— Não. Não vi o Coliseu. — O garçom chegou com nossas pizzas, e eu senti que podia respirar novamente. Todo mundo pegou uma fatia. — Mas eu vi a Capela Sistina.

— Deve ser muito bacana lá — minha mãe disse, cortando sua fatia com garfo e faca.

— É, sim, mas dá muito trabalho pra chegar até ela.

Enquanto comíamos, lembrei da Capela Sistina – como aquele Amir parecia outra pessoa naquele dia, como aquele dia parecia ter sido uma eternidade atrás. Como aquele Amir me julgaria severamente por ter mentido para meus pais sobre meu relacionamento com Valerio.

— Santa fruta que pariu, essa pizza é deliciosa — Soraya disse, comendo um pedaço de queijo que havia caído na mesa. Minha mãe desaprovou com o olhar. — Que queijo é esse?

— Gorgonzola — eu disse, e então dei uma risada. — Gorgonzooola — repeti lentamente, arrastando a palavra. — Gorgooonzzoollaaaa — disse, uma terceira vez.

— Humm. Por que você está falando "gorgonzola" desse jeito? — minha irmã perguntou.

Olhei para trás, por cima do meu ombro, e vi o parque lotado, a fonte de mármore cercada pelos bancos, e me voltei para Soraya.

— Por nada — eu disse, sorrindo.

Peguei meu celular por baixo da mesa e enviei minha última mensagem daquele número italiano.

Sala de interrogatório 38

Roya Azadi
Estávamos tão felizes por ter o Amir de volta.

Sala de interrogatório 38

Soraya

Era esquisito ter o Amir de volta.
Alguma coisa parecia diferente. Não era só o cabelo mais longo e mais cacheado ou como sua pele estava mais bronzeada e como ele tinha aprendido um monte de palavras italianas. Eu não sei. Ele só parecia distraído demais. Como se a sua cabeça estivesse em outro lugar. Quando saímos pra jantar, Amir mal olhou para a gente. Ele só ficava olhando pra aqueles prédios italianos bonitos. Foi a primeira vez desde aquele vídeo no Instagram que eu me dei conta de que ele tinha uma vida lá, na Itália, com os amigos dele.

Sala de interrogatório 37

Amir

O incidente no avião. Certo. Eu estava sentado numa poltrona de corredor, ao lado da minha família. Lembro de olhar pra fora por cima da minha fileira e ver gotinhas na janela.

Olhando pela janela, esfregando as mãos no meu colo, eu não conseguia acreditar em como a minha vida tinha mudado tão rápido. E não era a primeira vez. A Itália já estava parecendo uma fantasia que eu havia inventado.

Enquanto isso, minha família... Eles ainda não sabiam quem eu era. De repente, eles pareciam estranhos pra mim.

Eu estava me sentindo uma farsa. Não conseguia parar de pensar naquela frase: Só um amigo. Parecia que eu havia me diminuído. Eu havia sucumbido aos lábios cerrados da minha mãe e aos olhos perdidos do meu pai. Eu os desprezava por terem ficado tão constrangidos ao me vem conversando com Valerio. Eu me desprezava por ter me importado com isso.

Olhei pra eles em suas poltronas, meu pai do outro lado do corredor, e fiquei triste. Eles não me conheciam. Não conheciam essa versão de mim, que tinha uma quedinha pelo professor, que era capaz de fazer um discurso na frente de um grupo de pessoas esquisitas e desajustadas, que podia beijar um garoto atrás da porta no Vaticano. Talvez nunca fossem conhecer. Talvez nem quisessem conhecer aquela pessoa.

Enquanto mascava um chiclete, cada vez com mais força, percebi que só existia um jeito de eles conhecerem aquela pessoa. Se eu falasse a respeito. Conheço minha família – somos especialistas em evitar as coisas. Poderia vir o apocalipse e a gente continuaria vivendo nossa rotina como se nada tivesse acontecido. Ensaiei as palavras em um sussurro. "Mãe, pai... Mãe, pai... Quero conversar... Quero conversar sobre..."

A cada respiração, minha boca ficava mais seca.

Dei uma volta pelo avião, de cima a baixo pelo corredor. Fui ao banheiro pelo caminho mais longo. Lavei as mãos, lavei o rosto, sequei as mãos, sequei o rosto. E voltei para o meu assento.

Quero conversar sobre essa coisa de eu ser gay.

Aquele estereótipo estúpido continuava martelando minha cabeça. Iraniano e gay: tão incompatível quanto os Amish e produtos da Apple.

E foi aí que eu falei: "Quero conversar sobre essa coisa de eu ser gay."

Sala de interrogatório 38

Soraya
Eu estava tentando dormir quando o Amir começou a falar. A mãe estava sentada no corredor, o pai no meio, e eu na ponta da fileira, com a cabeça encostada na janela. Eu estava tentando descansar antes da minha apresentação quando escutei o Amir dizer: "Quero conversar sobre essa coisa de eu ser gay".

Meus olhos abriram na hora. O avião estava quieto e as luzes estavam baixas. Amir estava lá, de pé no meio do corredor, de frente para a mãe e o pai. Ele parecia tão nervoso. Eu não estava acreditando no que ele estava fazendo. As outras pessoas no avião estavam dormindo, e minha mãe pediu pra que ele falasse mais baixo.

Sala de interrogatório 39

Afshin Azadi
Tenho que admitir que foi uma surpresa. Mas Amir parecia triste, então eu disse: "Tudo bem, baba jaan*". Esse é um termo carinhoso na nossa língua. Ele parecia triste, e eu achei que isso poderia acalmá-lo, então falei: "Tudo bem, podemos falar sobre isso depois".*

Sala de interrogatório 37

Amir

Eu disse: "Não, depois não. Agora". Olhei para a minha poltrona na fileira do outro lado do corredor. Eu não queria me sentar. Sabia que no minuto em que eu me sentisse confortável de novo, seria o fim.

Eu não queria conversar depois. Eu me conhecia muito bem; sabia que acabaria me escondendo atrás do "depois".

Era como se, sei lá, eu estivesse no comando da situação e fora de controle ao mesmo tempo. Como se um gancho invisível estivesse me puxando pra esta nova realidade onde eu não queria ficar quieto. Não mais. Nem por um segundo a mais.

Sala de interrogatório 38

Roya Azadi
 Estávamos tão expostos. Tinha gente dormindo. Mas ele foi insistente, o Amir. Suas mãos tremiam. Ele ficava dizendo: "Não, depois não. Agora".
 Eu disse: "Amir, por favor. Sente-se e vamos conversar sobre isso quando chegarmos em casa".

Sala de interrogatório 38

Soraya
Foi quando o Amir disse: "Eu só fugi de casa porque estava com medo de ter essa conversa. Eu não tenho mais medo".

Sala de interrogatório 39

Afshin Azadi
Os outros passageiros estavam nos encarando. Queria que minha família ficasse em segurança, e eu sabia o que poderia acontecer se continuássemos levantando a voz daquele jeito dentro de um avião. Então tentei confortar o Amir. Tentei acariciar o braço dele...

Sala de interrogatório 38

Roya Azadi
Amir empurrou o braço dele.

Sala de interrogatório 37

Amir
Foi só um reflexo, acho. Dava pra perceber que meu pai só estava tentando apaziguar a situação, fingir que estava tudo bem. Não pareceu nada genuíno.

Sala de interrogatório 38

Roya Azadi

Você mencionou que alguém disse que meu marido e meu filho estavam sendo "violentos" um com o outro. Eles não foram violentos. Mas aquilo foi o bastante para uma mulher na fileira da frente, uma mulher jovem e branca vestindo um casaco esportivo cor-de-rosa, se levantar e interferir. Ela ficou entre Amir e meu marido.

Sala de interrogatório 38

Soraya

Meu pai e aquela mulher começaram a discutir. Ela estava provocando, e dava pra perceber como ele tentava se controlar. Outras pessoas começaram a se virar pra assistir.

Em um determinado momento, meu pai disse uma coisa sobre o Amir que eu realmente não gostei – e nem vou repetir aqui –, e foi aí que eu me meti. Eu disse ao meu pai que, se ele repetisse aquilo mais uma vez, eu não falaria com ele pelo resto da minha vida. Eu tinha certeza de que ele ficaria quieto depois daquilo, mas foi aí que os comissários de bordo vieram e a gente se encrencou.

Sala de interrogatório 39

Afshin Azadi
Aquela mulher estava gritando comigo. Ela estava me chamando de retrógrado. Disse coisas muito desrespeitosas sobre a minha religião. Me esforcei ao máximo pra manter a calma, pedindo pra que ela, por favor, não interferisse, porque era um assunto de família, e preferimos resolver nossos problemas entre a gente. Mas então a mulher disse...

Sala de interrogatório 37

Amir

"Você acha que ele ser gay é um problema?", ela gritou muito alto. Foi aí que a Soraya começou a gritar com meu pai. Acho que talvez ela tenha acreditado que ele realmente disse isso, mas ele não disse. A mulher distorceu as palavras dele. Ele realmente não disse isso. Mas já era tarde demais.

Sala de interrogatório 38

Roya Azadi

Quando vi os comissários de bordo chegando pelo corredor, minha garganta deu um nó. Eu sabia que não íamos conseguir chegar em casa. Afshin já foi detido e interrogado por muito menos. Seu histórico não ajudaria em nada. Eu sabia que teríamos que nos explicar em uma sala como esta.

Hoje

A sala era fria e estéril como um consultório médico. Um policial da Alfândega havia nos escoltado, passando pela segurança, pelas filas enormes e esteiras de bagagens, e nos dito para esperarmos sentados até chamarem nossos nomes. Eu estava surpreso de ver tantas outras pessoas na sala de espera: famílias, viajantes solitários e até mesmo um garotinho que parecia estar desacompanhado. Todos pareciam nervosos. Algumas famílias conversavam em voz baixa.

Quando o policial saiu, Soraya pegou o celular e começou a filmar.

— Soraya, guarda isso — minha mãe disse, dando um tapa na mão dela.

— Isso não é justo — Soraya disse, puxando o telefone para longe. Ela estava gravando um vídeo. — O que vocês estão vendo é uma família muçulmana sendo detida contra a vontade...

— Soraya!

— Senhora, celulares devem permanecer desligados dentro desta sala — uma policial que estava encostada na parede rosnou.

Minha mãe tomou o celular das mãos de Soraya e o guardou na bolsa. Ela soltou um suspiro exausto.

— Isso é tudo minha culpa — sussurrei. Minha boca estava seca. — Não sei o que me deu. Eu só...

— Amir, agora não — minha mãe disse.

Soraya revirou os olhos.

— Nunca é a hora certa, né?

— Soraya...

— O Amir não deveria ter surtado no avião — Soraya disse, interrompendo minha mãe. — Isso foi um erro. Mas foi o único erro dele. O único.

Soraya encarou meus pais. Então passou seu braço por cima da minha mãe e segurou minha mão.

Ficamos sentados lá, esperando por cinco, dez, quinze minutos. Eu e meu pai estávamos em pontas opostas, com Soraya e minha mãe entre nós dois.

Depois de dezessete minutos, a policial avisou que precisava sair da sala, mas estaria de volta em instantes. Quando ela saiu, ouvi meu pai dizer alguma coisa com a voz apressada. Achei que ele estava falando com Soraya, mas então ele cutucou meu braço e disse mais uma vez.

— Duas vezes dois — ele disse.

Não dava para acreditar. Tabuada. Era o que a gente fazia no consultório médico quando eu era criança.

Balancei a cabeça.

— Duas vezes dois — ele repetiu.

— Quatro.

— Três vezes três.

— Nove.

Mas eu não queria mais ser aquela criança. Não queria ser o bebê fofo, inocente e inofensivo dos meus pais para sempre. Não queria ser o filhinho que tropeçava e soluçava fazendo todo mundo rir.

Tenho dezoito anos agora. Sou praticamente um adulto. Eu amo meus pais; agora entendo isso mais do que nunca. Sempre vou amá-los e sempre serei filho deles. Mas preciso ser eu mesmo também.

— Desculpa se exagerei no avião — eu disse aos meus pais. — Mas não vou me desculpar por ser quem sou.

Olhei para o meu pai e, mesmo sabendo que ele vai negar – ele nasceu um homem persa e vai morrer um homem persa, descendente de Xerxes e Ciro, o Grande, e tantos outros homens impenetráveis –, juro que, naquele momento, seus olhos se encheram de lágrimas. Ele mordeu os lábios e permaneceu quieto por alguns segundos.

— Amir — ele disse.

O maior nó de todos se formou na minha garganta.

A policial retornou à sala, acompanhada por outro policial.

— Sr. Azadi — ela disse. A expressão do meu pai ficou séria novamente. — Por favor, acompanhe meu colega.

Meu pai se levantou e saiu. Ouvi minha mãe respirar fundo e então, um minuto depois, chamaram meu nome e eu fui.

Sala de interrogatório 37

Amir

Talvez eu esteja com expectativas de que tudo isso se resolva rápido demais. Talvez seja um processo. Soraya disse que eles estão reagindo melhor do que muitos pais na mesma situação. Ela diz: "Quantos garotos iranianos você conhece que têm pais lidando bem com isso tudo?"

Entendo o que ela está falando. Entendo que eles estão tentando. Mas também sei que não está sendo fácil pra eles e, depois do meu verão em Roma, onde pude ser quem sou – por inteiro –, é difícil aceitar que isso talvez leve tempo.

Sala de interrogatório 38

Soraya

Podemos ir embora agora?
Acho que entendi. Entendi por que minha mãe fala tão séria com você. Você a trata de um jeito diferente. Pessoas como minha mãe precisam ter cuidado em dobro. Você me deu o sorvete da máquina de lanches, e tudo que deu para a minha mãe foram olhares de julgamento.
Sim, estou cansada. Sim, estou pronta pra ir. Não, não é porque estou com tanta saudade do Amir assim. Não depois de toda essa confusão que ele causou. É porque tenho um ensaio hoje à noite e não vou deixar de jeito nenhum a substituta roubar meu papel.
Talvez eu sinta, sim, um pouquinho de saudade do Amir.
Não ligo para o que os meus pais dizem ou para o tempo que vai levar pra eles aceitarem o Amir. Eu amo meu irmão. Somos um pacote completo. Nossa família não é uma família sem ele. Eu diria até que somos melhores porque ele é do jeito que é. Somos uma família muito melhor agora do que éramos antes. Este mês tem sido difícil. O mês que vem provavelmente

também vai ser. Mas vai ser difícil de um jeito bom. O tipo de dificuldade que nos torna melhores.

Agora, podemos ir?

Sala de interrogatório 38

Roya Azadi

Gostaria de reforçar que está tudo bem com a minha família. Soraya, minha filha, ela é atriz. Considere esta uma das suas performances. Ela tem mais uma chegando, agora no fim de semana. Ela vai interpretar uma gata muito velha e dramática em Cats. Aquela que tem uma música solo que todo mundo ama. Acho que ela vai fazer um trabalho maravilhoso.

Por favor, não precisa se desculpar, policial. Você também é mãe? É? Então entende como sou quando se trata dos meus filhos, meus lindos filhos, Soraya e Amir.

O trabalho de uma mãe é simples: amar seus filhos incondicionalmente. Estou começando a entender que, desde o momento em que eles nasceram, eu tenho visto e amado meus filhos com algumas condições em mente.

É hora de mudar o jeito como vejo as pessoas que amo. Isso eu tenho que admitir. É hora de olhar para o Amir não com o peso das respostas, mas com o conforto das perguntas. Talvez todos devêssemos olhar para os outros dessa forma.

Uma amiga minha que tem filhos mais velhos costuma dizer que, no começo da vida dos nossos filhos, nós devemos ensiná-los. Mas chega um ponto em que eles começam a nos ensinar. Estou começando a entender isso. O barco está começando a virar. Será uma viagem tempestuosa, mas vamos passar por essa jornada juntos. Todos nós.

Sala de interrogatório 37

Amir

É só isso? Tem certeza de que não precisa de mais nada? Obrigado por devolver meu celular, senhor. Parece que recebi algumas mensagens. Uau. Algumas delas são do Jahan. Ele deixou uma mensagem de voz. Acho que não posso ouvir agora. Vou esperar pra ouvir quando estiver sozinho.

Posso te contar uma última coisa? Quando estava em Roma, fui encontrar Jahan na Piazza Testaccio. Só nós dois. Naquele dia, havia um artista na praça, um homem com um chapéu fedora tocando umas músicas pop no violino. Soraya e eu amávamos ouvir um quarteto de cordas no YouTube que tocava música pop, e me lembrei dela imediatamente. Isso foi logo depois de ela ter contado aos meus pais que eu sou gay, e eu sabia que ela estava se sentindo mal por causa disso. Então liguei pra ela. Soraya atendeu e disse: "Quantas vezes vou ter que te dizer que sinto muito?", e eu disse: "Deixa pra lá, só escuta isso aqui".

E continuei na linha com Soraya por um tempo. Só queria escutar a música com ela. Depois de um tempo, vi Jahan se aproximando, mas continuei com Soraya até o último segundo, quando Jahan chegou, colocou a mão no meu ombro e disse "ciao". Desliguei o celular um segundo depois. Mas naquele instante, senti que meus dois mundos se tornaram um só.

Aquele momento foi mais doce que gelato.

Em um mundo perfeito, eu teria duas famílias. Minha família iraniana e minha família grande, colorida e gay. Eu teria duas comunidades. Duas chances de ser eu mesmo. Por inteiro. Esse deveria ser o único número, a única pontuação que eu deveria manter. Dois. Não precisaria nem ser um placar direito. Só algo simples.

Por favor, senhor, não se levante ainda. Preciso de um tempo. Preciso botar um sorriso no rosto antes de ver minha família. Preciso respirar.

É um privilégio tão grande, sabe? Poder ser você mesmo, sem precisar fingir, nesse mundo enorme. Se estampar com o orgulho como uma tatuagem, como todas as tatuagens de Jahan: permanentes e à mostra pra que o mundo inteiro possa ver.

Estou cansado de ficar quieto sobre quem eu sou. Iranianos não são quietos. Somos contadores de histórias. Jahan diz que temos a tradição das histórias faladas. E é isso que eu acabei fazendo aqui, né? Contando minha história pra você. Posso não ser um herói corajoso como Rostam ou um rei como Ciro, mas, caramba, conversar com você hoje, contar minha história foi a coisa mais iraniana que já fiz.

Não quero mais ter que esconder essas partes de mim. Quero que minha família me veja. Quero que me vejam beijando Jackson naquele carro, foda-se aquela chantagem. Quero que me vejam andando na motocicleta do Valerio, dançando noite adentro com Jahan e Neil no Rigatteria. Eu tenho orgulho dessa pessoa. E essa pessoa não deveria ser um estranho pra eles.

Já é difícil o bastante viver uma vida só; ninguém deveria ter que passar pelas complicações de ter que viver duas.

Acho que nosso tempo aqui acabou, já que você não para de olhar para a porta.

Talvez o truque seja esse. Tempo. Talvez os problemas de verdade não se resolvam com brigas e confusão, mas com o passar do tempo.

Não, não preciso de mais tempo. Estou pronto. Vamos nessa.

Soraya

Meu celular! Obrigada! Aff, tenho tantas mensagens pra responder. A Madison quase explodiu meu celular. Ela é tão carente. Ei! Olha, mãe, é o...

Afshin Azadi

AMIR!

Amir

Maman! Baba! Soraya!

Jahan

0h37

Ciao, Amir! Ciao diretamente de Cleveland. Como você está? Como está Roma? Fiquei sabendo que você vai subir a serra para a casa do Neil e do Francesco nas montanhas – Franny estava falando sobre isso com alguém esses dias. Manda um beijo pra eles.

Também sinto sua falta. Amei receber sua mensagem do nada. Estou com saudades de você, do Neil e do Francesco, de Roma. Queria ter me despedido direito de você na noite da festa. Desculpa se pareci meio frio ou sem graça. Foi muito fofo da sua parte ir à festa, e nada fofo da minha parte ficar de mau humor. Eu tinha meus motivos esquisitos. Enfim, não importa.

O que importa é que você, rapaz, foi um amigo fenomenal durante este verão. Nunca vou me esquecer daquele primeiro jantar que te levei. Você lembra? Quando você derrubou as almôndegas. Depois que você saiu pra trocar de roupa, um cara babaca veio perguntar se você seria um estorvo para o grupo, e eu e Neil acabamos com ele. *Um estorvo? Che cazzo dici? Que porra é essa? Aquele garoto é nosso amigo.*

Daí você voltou do quarto de Giovanni todo bonitão com aquela camisa azul, e deu no que deu. O restante do verão ficou para a história.

Nosso verão foi incrível, né? Sim. Foi, sim. Foi incrível. Você foi um presente para a gente, de verdade. Nunca se esqueça disso. Você é um presente, porra! Pessoas como eu e você não escutam isso o bastante.

Olha, espero que as coisas estejam melhores com a sua família, Amir. Se um dia você quiser conversar sobre isso, me liga. Sério. Não estou brincando. Sei que família é importante e que é um processo e tal, mas quero que você saiba que estou aqui pra você, amigo.

Ei, lembra daquelas contas que você comentou naquela manhã quando eu estava sendo um cuzão? Aquele "placar" que você mencionou? Olha, você sabe que não sou especialista em matemática. Mas posso te dizer uma coisa: a vida não é um placar, Amir. A vida é uma equação enorme, linda e confusa. Uma daquelas megacomplicadas que nem um ganhador do Nobel da Matemática conseguiria resolver, que dirá o seu amigo poeta que quase reprovou em álgebra.

Mais uma coisa, Amir. Quando você voltar pra Roma, preciso que você faça uma coisa. Deixei minha bicicleta estacionada na rua — na frente da loja que fica embaixo do meu apartamento, aquela que tem umas bugigangas penduradas na vitrine. Aquela tranqueira me levou pra todo canto. Comprei no meu primeiro dia em Roma, e ela me salvou mais vezes do que você pode imaginar. Arruma uma tesoura grande, uma serra ou qualquer coisa assim e arrebenta as correntes. Ela é sua agora.

Agradecimentos

Este livro foi parcialmente inspirado na minha estadia em Roma durante o verão de 2018. Assim como o Amir, eu não tinha a menor ideia quando aterrissei de que conheceria pessoas que mudariam a minha vida e se tornariam uma família especial para mim, mesmo que por um curto verão. Agradeço a todas essas pessoas. Vocês sabem quem são.

Obrigado à minha agente, Brooks Sherman, por cuidar desse livro como se ele fosse seu próprio bebê. Sei que você tem um bebê *de verdade* agora, e ele é absolutamente adorável, mas este livro é bem fofo também, graças a você.

Para Roma Panganiban e todo mundo na Janklow & Nesbit, a melhor agência de todas.

Para Ken, o corajoso capitão do navio Viking, e a força por trás de todos os meus livros. Para Kendra Levin, por me apoiar desde o começo. Para Maggie Rosenthal por trazer de fato este livro ao mundo. Para Nancy Hinkel – petúnia! Urânio! Para Kaitlin Kneafsey, por espalhar a palavra como uma profissional. Para Felicity Vallence, James Akinaka, Shanon

Spann, Jen Loja, Maggie Edkins, Claire Tattersfield, Aneeka Kalia e toda a equipe da Penguin Young Readers, dos editores e revisores até todos os amigos incríveis do marketing, vendas e departamento educacional.

Ao time incrível da Hot Key pelo trabalho na edição do Reino Unido, especialmente Emma Matthewson, Carla Hutchinson e Lizz Skelly.

Para Hellie Ogden, Emma Winter, Zoë Nelson, Ellis Hazelgrove e Maimy Suleiman por toda a sua magia dos direitos estrangeiros.

Para Adam Silvera, por ter me escutado tagarelando por uma hora no terraço dele sobre uma ideia que eu tive para uma história que eu *precisava* escrever. Para Gayle Forman pelas conversas motivacionais de que tanto precisei. Para Lauryn Chamberlain por ler tudo o que eu escrevo. Para Nicole Bleuel por me ajudar a organizar meus pensamentos. Para Patrice Caldwell por todos os "Ei, mas alguém já leu de fato?". Para Angie Thomas, Becky Albertalli, Adib Khorram e Sara Farizan pelos elogios incríveis. Para todos os amigos que me apoiaram, especialmente meus amigos escritores: Laura Sebastian, Mark Oshiro, Emily X. R. Pan, Cristina Arreola, Jeremy West, Jeffrey West, MJ Franklin, Dhonielle Clayton, Zoraida Córdova e muitos outros que eu certamente me esqueci de mencionar.

Para Calvin Stowell, por me ajudar a fazer a cena do Trevor Project do jeito correto.

Para o Trevor Project, por ser um recurso tão importante para adolescentes *queer*. Se você é uma pessoa *queer* batalhando contra pensamentos suicidas ou só precisa de alguém para conversar, por favor, ligue para a Trevor Lifeline.

Para os meus leitores: me sinto honrado e muito sortudo por poder escrever livros para vocês. Continuem sendo diferentes. Continuem sendo esquisitos. E continuem procurando por seu grupo – prometo que a espera vai valer a pena.

Para todos os bibliotecários, professores e livreiros, por fazerem o verdadeiro trabalho.

Finalmente, para Maman, Baba, Neeki, Arman e Nava, por encherem minha vida de memórias, apoio e amor.

Sobre o autor

Arvin Ahmadi cresceu perto de Washington, nos EUA, e hoje mora em Nova York. Ele se formou na Universidade Columbia e trabalhou com tecnologia por um tempo antes de se tornar autor em tempo integral. Quando não está lendo ou escrevendo livros, ele pode ser encontrado assistindo a entrevistas em *talk shows* tarde da noite ou editando páginas da Wikipédia. *Foi assim que tudo explodiu* é seu primeiro livro publicado pela ALT.

Confira nossos lançamentos,
dicas de leituras e
novidades nas nossas redes:

@editoraAlt

@editoraalt

www.facebook.com/globoalt

Este livro, composto na fonte Fairfield,
foi impresso em papel Pólen Soft 70 g/m² na Edigráfica.
Rio de Janeiro, Brasil, janeiro de 2021.